时间的刀，
划破每一个人的追求和执拗，
最终我们去往何方。

[一个] 常驻人气作者，
[豆瓣] 知名撰稿人

姑娘，姑娘

王云超——著

北京联合出版公司
Beijing United Publishing Co.,Ltd.

图书在版编目（CIP）数据

姑娘，姑娘 / 王云超著. -- 北京 : 北京联合出版公司, 2017.6

ISBN 978-7-5596-0386-9

Ⅰ. ①姑… Ⅱ. ①王… Ⅲ. ①短篇小说—小说集—中国—当代 Ⅳ. ①I247.7

中国版本图书馆CIP数据核字(2017)第111294号

姑娘，姑娘

作　　者：王云超
出版统筹：精典博维
选题策划：王晓楠
特约编辑：王晓楠
责任编辑：夏应鹏
装帧设计：博雅工坊·肖杰

北京联合出版公司出版
（北京市西城区德外大街83号楼9层 100088）
北京雁林吉兆印刷有限公司印刷·新华书店经销
字数166千字　880毫米×1230毫米　1/32　8.25印张
2017年6月第1版　2017年6月第1次印刷
ISBN 978-7-5596-0386-9
定价：39.80元

前言

毫无疑问这是我这辈子最重要的一本书，也是我最想出却最不敢出的一本书。

搞美术的文艺工作者最害怕的事情，是别人嘲笑他的文字功底差；搞戏剧的文艺工作者最害怕的事情，是别人嘲笑他的品位低；搞文学的，没有文字功底和品位的问题，白话亦可言，雅俗皆成文，搞文学最怕的不是别人的嘲笑，而是别人的愤怒，你凭什么把人家的丑事都抖搂出来?

于是搞文学搞出“纪实性散文”“挑事儿性杂文”“不要脸性小说”的人，成为这个世界上“拉仇恨”最多的人，也是被诅咒最多的人。

坦白说，我就是这么个德行。

我最早在网络上混出名堂的文学作品，都是散文。《你像我见过的那个男孩》《姐姐的战争》，文章均在豆瓣网火起来，接着被“ONE”的编辑拿走放到他们的产品上。

《你像我见过的那个男孩》，我用一份“Sad But True”的心境写下自己长达五年的北漂经历，捎带着揭露了一大批老同学和老同事的昔日丑事，他们中绝大部分人再没跟我联系过，仍与我保持联系的，时不时提醒我：以后可不能乱写了啊。对此我有苦难辩，早期的我真没乱写过什么东西，如果据实以告被定义为“乱写”，那我们这个圈子的人是多么地喜欢谎言。

《姐姐的战争》具有小说特征，读者没什么怨言，作为人物原型的胞姐甚至对这篇“中学生作文风”的小文章赞誉有加，她美滋滋地说：“你编得还不赖。”

所以，自30岁第一次在公共媒体上发表文学作品，我就是个“吐槽型”的作者，“现实主义”“批判主义”“腹黑主义”这些标签统统扣到我头上，对此我没有表示异议，尽管私下里我一直认为自己是个十恶不赦的“浪漫主义者”。所谓“浪漫主义者”，就是无论多丑的事、多贱的人，都尽量以旁观者的身份寻找一个完美的结局，至少，给结局保留一份想象。2013年冬，我完成第一部小说《日落天通苑》，一问世就在豆瓣网上火翻了天，为了不让文中角色的原型们尴尬，我特意在作品结尾处加了一段话：这是个小说，文中所有角色都存在原型，但也没必要对号入座。我的读者们由此第一次意识到我“浪漫主义者”的身份。我的确是搞严肃文学的，即便再严肃，文学的基调也是宣传，面对宣传，你不能较真儿，更无须埋怨。

司马迁云：究天人之际，通古今之变，成一家之言。《日落天通苑》后，我胆子大起来，再不惧自己的文章会得罪谁，我时常安慰自己：既然是搞文学的，就不该在乎非议与尴尬，或者说，非议与尴尬，是我搞文学的代价。2014年春，我将《我的大学》推荐给了“ONE”的编辑，文章发表后，学生读者中引起较大反响，当然，不全是正面的，骂我的人一致认为：这篇文章的作者太自以为是了，谁对他不好，他就损谁，他几乎没有检讨过自己的狭隘与过失。

我告诉“ONE”的时任主编：我写的东西，三分之二是垃圾，这一点我心知肚明，写作这件事上，我是浪漫主义者，不是唯美主义者，我推崇DIY作风，什么风格什么题材的都想尝试，有的尝试成功，有的尝试失败，这在情理之中，我不苛求自己每次DIY都能成功，我宁愿在一片垃圾中点燃一个能够与上帝直接对话的爆竹。

《我的大学》升空后有没有响不清楚，但它孕育了一段后来被我臭显摆了无数次的文字：

“前井胡同的尽头，我邂逅一双黄绿相间的袜子，我盯了它很久很久，离开时又情不自禁地哭了，它如此眼熟，我竟想不起谁曾经穿过，是男生还是女生，是我曾经爱过的人吗？他们穿着这双鲜艳的袜子在风中游走，像团燃烧殆尽的火焰。”

时至今日，这仍是我能够写出的最动人的话。《我的大学》算是我过去创作生涯中最具荷尔蒙的一篇文章，文章在“ONE”上发出后，我一本正经地对小编说：“以后不会写有关自己往事的文章了，这篇写完，感觉自己爱也爱过了，恨也恨过了。”2014年冬，也就是距离2004年冬整整十年的时间，在老同学牵线下，我跟《我的大学》中那位中文系姑娘在网上取得了联系，她已经是三线城市的中学教师，也是两个孩子的母亲，我和她聊了很多嘘寒问暖的废话，彼此意识到缘分真的停留在了十年前的那个冬天。

作为严肃文学工作者，我极少写“言情”的东西，并不是我瞧不上“言情”，实在是不知情为何物，我的恋爱经验贫乏到能用“可怜”来形容的地步。2014冬，写了篇散文，名叫《我们都曾是一个深情的混蛋》，这是2014年我在豆瓣网和“ONE”上最火的散文，所谓火，就是读者们毁誉不倦，编辑们统统喜欢。《我们都曾是一个深情的混蛋》里，我借由前同事的口说出自己对爱情的理解：

“爱情没有友情长久，没有亲情厚重，没有爱好执着，它不过是孤独的夜空飞起的一道烟火，绚烂，却也短暂，绚丽过后，只留下一地的碎屑。没有人愿意站在碎屑上去坚守一份信念，生活若讲究效率，便不再有坚持，看看镜子里的自己，望望街上奔走的人，大家早已习惯了在算计与妥协中生活。”

事实上，这句话前半部分是我讲的，后半部分是前同事讲的，写作需要，硬是攒到了一起。这牵扯出写作这项运动的另一个无奈：你不可能事事有所依据，你只能将依据以嫁接、删减、合成等方式为事事服务。2015年2月，应一家文学机构邀请，我在南锣鼓巷的一间酒吧里做了个专场演讲，演讲结果十分滑稽，几个读者留言给我说：超哥你好厉害，认识过这么多牛人。几个老朋友留言给我说：你怎么把当初我给你讲的我朋友的段子都给整出来了？

事即事，人却非人，出于创作需要，很多真实存在的内容不得已改头换面安插在不同的人身上，小说如此，散文如此，某种程度上，散文比小说更需要如此。

像我这样厚着脸皮搞文学的人，并非全然无所畏惧，虽然散文与小说捅过的娄子不计其数，但关乎到亲情的部分，我向来谨慎。有些事情，不吐不快，仿佛只有吐出来，便不再背负那些伤痛，然而亲情是段孽缘，你恨过一个人，恰恰证明你爱过对方，如果你现在依旧在爱着，那么即便写了些东西，伤痛照样一辈子跟着你，这就是我为什么认为亲情比爱情厚重的原因。

我写过很多有关自己故乡人文的散文或小说，《半袋洋钱》《永花和小楼》《死了也不让你消停》，这些文章大都采取纪实手法，却也进行了必要的文学式加工，不可否认的是，我很少用“吐槽”的方式对待故乡，这并非出于我对故乡的爱，我的确爱过那块土地和那块土地上的人，只是相比复杂的都市人伦，故乡的人着实要单纯得多。

现实中的确这样，飘荡在都市的我们，喜欢的净是些单纯的东西。三年来，“ONE”的读者问我最多的问题是：“那个郭小羽的原型是你吗？”我回答：“有时候是，有时候不是。”豆瓣网的读者问我最多的问题是：“你最喜欢的自己写的文章是哪一篇？”我回答：“两篇，一篇是《海的儿子》，一篇是《永花和小楼》。”一般说来，少于两万字的短篇文章，“人”与“事”之间，侧重点只能选一个，我个人侧重点在“事”，“事”讲明白了，是哪个“人”就不那么重要了。而《海的儿子》与《永花和小楼》，喜欢它们的原因，恰恰是因为它们单纯，身为设计系出身的人，我们遵循着一个古老的审美观：简约、直白，是美的最高境界；复杂、喧哗，是庸人的艺术。大白话写好一个故事，远比雕凿一块朽木难得多，为此，我还特意把那些看不起经典杂志《故事会》的人批判了一番：

“有些小王八蛋竟看不起《故事会》，殊不知《故事会》乃当世之真文学。小说之机，首在叙事，无事可叙，或叙事无奇，庸才耳。可叹如今书生们张口文笔，闭口灵气，雕章琢句，吟风弄月，笔下虽有千言，胸中实无一事，真傻 × 也。”

这段话模仿的是《三国演义》中的诸葛村夫，话虽二百五，可我说的是真话。

写作，是件苦差事，尤其搞严肃文学创作，你不可能像有本可依的武侠小说或言情小说那样日赋万言，也不可能像专业鸡汤文作者那样一根烟抽完冒出几十个心得。一篇罩着“浪漫主义”光环和“现实主义”套路的文章，从立意到选材，从结构到细节，往往存在数个睡眠的间隔，有时灵感突然没了，笔锋不对了，唯一能做的，就是趴下死等……注意，不是趴下等死。《飞帜》《花王正传》属小说，完成需要一周的时间，而“年华三部曲”加起来两万多字，用掉整整一个夏天。

“年华三部曲”是我 2016 年最重要的文字作品，也是搞写作以来最矫情、最招骂的三篇文章。这里面随便一段文字都像是喝大了之后写的，那股子随意与张狂连作者本人都感到后脊梁发凉，随便一个人物都像是上辈子欠作者的，作者损起他们来的样子又好气又好笑。作为集大成之作，“年华三部曲”凝聚了《我的大学》式的自大、《死了也不让你消停》式的无耻，以及《我们都曾是一个深情的混蛋》式的绝望，写完“年华三部曲”，真的有一种“好吧，可以去死了”式的人生错觉。

这个错觉忽悠了太多人，其中就有一个叫作“吴惠子”的女作者，她在手机上读完《文艺年华》，第一时间给我发来信息：“你还好吗亲？”接着她广发朋友圈里的男女作者：“天哪，我怎么看《文艺年华》都像是遗书，大家快劝劝王铁蛋吧，生命是多么美好呀，有那么多好吃的，好玩的，好骗的……”

如果我是完全活在艺术中的那路人，写完《文艺年华》这种东西，真的该找个高一点的地方跳下去，可《文艺年华》在“ONE”上发表的那天，我徒步走了五里路去“川十七”吃了顿火锅。艺术是个好东西，我们愿意为了它去创作一大堆垃圾、得罪一大堆人，“艺术”外的时间，我们可能只是堆垃圾，或者说我们和我们得罪的那些人没什么两样，不过话说回来，我们是人，所以我们才会动人，不是这样吗？我们为什么要给自己强加那么多束缚，然后看起来很美呢？

我不看影评不写影评，最喜欢的一句话却来自一位豆瓣网友的影评：“片终，Mickey Rourke（米基·洛克）从摔角台一角奋力跃下，Bruce Springsteen（布鲁斯·斯普林斯汀）的歌声响起，一个男人重生了，所有同样怀揣着对昔日的幻想、对今日的愤懑、对未来的憧憬的男人都重生了。”

作为一部“吐槽”了无数事、无数人的短篇作品集，它囊括了我从 2013 年到 2016 年所有招致唾骂与吹捧的精华，我算是用尽招数散尽了自己这点德行，我是如此惧怕它，也如此向往它，它就像一束孕育了三载的罂粟，我种下它，睁开眼看到它，在它的诱惑下一步步走向疯狂，而疯癫过后，不是灭亡，便是重生。

谢谢大家。

王云超

2016 年 12 月 31 日

目录

第一部分

花王正传 / 003
飞帜 / 024
姑娘，姑娘 / 046
南门大侠 / 061
姐姐的战争 / 077
永花和小楼 / 086
海的儿子 / 092
半袋洋钱 / 096

第二部分

文艺年华 / 107
错爱年华 / 127
摩登年华 / 141

穷 / 156

我们都曾是一个深情的混蛋 / 170

我的大学 / 179

你像我见过的那个男孩 / 196

伊本无恨 / 212

弟弟 / 216

千春，一个被上帝捉弄的日本姑娘 / 226

花式人生 / 233

死了也不让你消停 / 239

第一部分

雪开始下大，呼呼地往眼睛里钻，我提议去路边的咖啡馆躲躲，她嫌咖啡馆人多，坚持散步。我站在路灯下给她整理帽子，整条街道就我们两人，她噘着嘴巴看着我，像地主家的二小姐看着佃农家的大儿子。

花 王 正 传

[01]

男人喜欢什么样的男人？

我 26 岁时得到的答案是：不吹牛、不贪利、不迷女色。作为男人，男人们并不期望你乐善好施义薄云天，仅仅完成这“三不”就行了，换个角度说，我们在生活中遇到不吹牛、不贪利、不迷女色的男人是多么的不易。

吹牛的男人太没出息了，有出息谁用得着吹牛？这个国度的“成功人士”大都简衣缩食深藏不露；贪小利的男人太没前途了，有前途的谁会这般小鼻子小眼？自古舍小利者必怀大志；至于那些过于好色的男人，简直又没出息又没前途，生理欲望都无法战胜，你如何战胜这个深奥的世界？

可同样的问题遇到女性，尤其是以豪爽闻名的北方女性，得到的答案往往不同。什么叫吹牛？男人不都这德行吗？吹牛怎么了？姑娘们就待见吹牛露破绽的，有乐子，不是吗？贪利有什么不对？贪，至少证明这人有上进心，那些不贪的、宅在家里吃老子的，能要吗？至于好色，丑男人的好色才是好色，帅男人跟你吊膀子，那叫调情。

大华是个酷爱吹牛、贪恋女色、偶舍小利、擅长调情的男人。

[02]

地铁站口，戴眼镜的姑娘低头按着手机，不时抬起眼皮观察周围的情形。

“满分十分，打几分？”

我讨厌对一个近在咫尺的人品头论足，既没修养又不懂得礼貌，如果对方察觉，更徒增一份不必要的尴尬。

“不打分。”我草草回说。

姑娘眼神飘过来，他面色不改，继续唠叨：“我给打 8 分，她胸挺平的，但会打扮，有气质，一看就是名牌大学出来的美女，跟咱们公司那群女公关不一样。另外，你瞧她那两条腿，站得比男人还开，不知让多少猪拱过了……”

我的脸热起来，又不知该如何打断他。

“你等着，我把她叫过来。”

半分钟后，他走回来。姑娘摘下眼镜与我招呼，我摆出笑脸相迎，寒暄完毕，姑娘走掉。

他转回脑袋，露出一丝得意，补充说：“她是外企的特助，你知道，学外语的女的都特别骚，外企的女特助都特别贱，我以前在登山俱乐部见过她一次，那时候没跟她要电话，这次一定得办了她。”

之后的谈话，全是公司八卦，但他这份愉悦延续下来，嘴角始终上扬着。我心系旁枝，盘算着他先前的作为，这显然是套路，对新来的同事，尤其是上级部门的同事，先使个下马威，他要你明白，外面针对他的传说并非传说。

这个笨蛋与我的第一次交心就这样失败了。一般说来，完全不了解对方的情况下，每个人都不应该把自己最为自信的一面露出来，否则一旦破功，对方便很难再拾起对你的信任。他潦草地将我跟以往见识过的同事们归到了一类，他觉得我应该第一时间燃起对他的钦佩、对他的羡慕，如果我还算是个正常男人，我应该主动请教他驭女之术。

可我对那个漂亮的外企姑娘没兴趣，对他的说话方式没兴趣，对这个公司的昨是今非没兴趣，我更没兴趣将自己的这些感受告知于他。

整个冬日的周末，外企姑娘准时出现在公司门口，半个销售部的男生隔着窗户垂涎。他恪守单身信条，未给予外企姑娘任何名分，对她的态度也从炫耀渐渐转为厌烦，他接她电话的嗓门越来越大，飙的脏话越来越多。

夜幕中，他拉开车门，目送外企姑娘进车，然后转过身与同事们道别，他照旧扬起嘴角，像一盏骄傲的明灯，像一把镀金的老刀。

[03]

大华真名中没有“大”字，这是我对他的称呼，据说外企姑娘也这么叫他。我告诉大华：“这是中原人叫人的习惯。”作为北京人的大华表示很喜欢，他讨厌自己家乡称呼别人的方式，他说：“我一直跟身边的人讲，甭叫我‘华子’，‘华子’‘华子’的，听着跟他妈大街上‘拍花子’似的。”

公司里其他人唤大华作“花王”。这个段子源自他早年的名片，他原本给自己起了个高端的英文名字“Winston Wang”，总经理不允许员工在名片上印非官方的英文名称，结果作废重印，于是销售部女助理私自将“Winston Wang”改为“Hua Wang”。随后，公司来了两名外籍顾问，照着名片上的字眼称呼大华，整个销售部笑翻天，大华无力回天，只得憨笑默认。

大华非一般矫情的笨蛋，逆来顺受的名号，贴上阿 Q 式的解读，依然会成为生活中的正能量。他说道：“好歹里面有个‘王’字。”是啊，好歹有个“王”字。一名男销售员，甭管是哪个领域的“王”，只要是“王”，就拥有不同于他人的社交资本。

可大华的事业并不如他名号那般辉煌。销售部百人，业绩比大华好的员工不下三四十个，陈劲与大华同属一区，且入行比大华晚，手里攥着的客户足足是大华的三倍。每次线上朋友圈聊起业务，大华都主动选择隐遁，长官面前，更无法扬起他那“王”的头衔。

大华将这一切归咎于学历，他将烟头弹向垃圾桶说道：“山西佬儿，抖个屁啊，不就是念过两年人大的专升本吗？运气好，逮着个看重学历的销售经理，好省份都给他了，那些省份都是酒水消费大省，给了我，我随随便便都能比他做得好。一个浙江省，他谈了两年，谈出什么了？才签出三个分销商。上次我跟他去西安见一个客户，我发现他连酿酒的基础知识都不懂，差点给人家看笑话。”

大华的话，不能全信，事实上陈劲正是以业务能力闻名的。作为市场部人员，我私下咨询过不下二十名销售，他们对于陈劲的褒扬毫不吝啬，称赞他见多识广、胆大心细，能约谈到任何企业的一把手，就算对方下榻的是小老婆的外宅，他一样有办法混进去。

“花王！求你个事儿！”陈劲提溜着包包自远处走过来，“上次开会发的那套新产品的宣传册你那儿还有吗？我这边第一天就用完了，刚才我看见你桌上那一沓挺厚的，先借我两本用用。”

“甭跟我要，我的下午还要用呢，市场部郭总不在这儿吗，这种东西你该找他要，要多少有多少。”

“去我们部门拿吧，”我转过身对着陈劲，“拿多少都行，记得留个明细。”

“瞧那个㞞样儿！”陈劲走远，大华翻起白眼，“妈的生怕别人不知道他新签了客户似的，我给你说，就他这种人，早晚被同事挤对，你懂什么叫做人啊！”

[04]

与销售部一起做人，压力很大。

我常常对同事讲：“市场部与销售部是一对冰火战友，市场部负责花钱，销售部负责赚钱，外人面前，市场部都是大爷，销售部都是孙子；老板面前，市场部是孙子，销售部是大爷。”职能不同，市场部、销售部人员在资质和性情上存在明显差异，市场部是个弥漫清高的地方，员工多为端架子的高学历知识分子，销售部则偏向务实，只重结果不重学历，市井味道极浓。

或许，这也是所有快消品行业销售人员的特色，为了排压，酒色面前从不遮遮掩掩，所谓“无酒不欢，无女不乐”，何时何地相聚，喝大酒，聊荤段子，找女人，是销售部内部固定的节目安排。这帮人，结了婚的，没结婚的，正打算结婚的，行为上不存在任何差别，每个人的白酒酒量都在一斤以上，每个人的手机里都住着一堆不明不白的异性。

南京分公司宿舍，陈劲与一名男销售各自拉着女孩子走进房间，大华让剩下的那个女孩子留在客厅陪他和我看电视。

叫床声隔着门缝流出，我脸皮紧绷，一颗心怦怦乱跳。大华和女孩子显然是见过大场面的人，镇静得令人钦佩，大华对着灯光研究电视遥控器，女孩子一边嗑瓜子一边低头滑拉着桌上的手机。广告时间结束，女孩子盘腿坐上沙发开始看综艺节目，大华一条腿架上茶几，一只手抓起手机狂摇。叮咚声响，大华摇到一个叫子文的男孩儿，复摇，又是子文，大华火起，回复子文道："子文，请你不要再摇了！"接着，摇出一个女孩儿，大华噌的一声坐过来，指着屏幕说："快看这个女的签名'老公当兵去了'，哈哈哈哈。"

他笑的声音越来越大，隔壁叫床的声音也越来越大，我双手搓了把脸，起身走到阳台透气。

北京酒吧吧台，女孩儿们主动走过来与大华打招呼，大华扬着嘴角跟她们打情骂俏。

"你知道在北京泡妞儿的秘诀吗？"

“不知道，是什么？”

“你得有三样东西：户口、车、乐子。北京户口，加一辆十几万以上不太丢脸的车，然后拉着她到处溜冰啊，爬山啊，听相声啊，告诉你，不超过三十岁的，统统拿下。讲白点儿，有个北京户口就已经具备情圣的资格了，不信你问问咱们公司那些女的，哪个没上过北京男人的床。”

“你这也太以偏概全了，你别把你见过的就说成是全部。”

“你爱信不信……嗨，你这种有女朋友的人，跟你说你也不懂。”

一位黄发红裙的姑娘挽着男人的胳膊现身，受关注度远超五分钟前的大华，大华杯子里的酒酸起来。

“你知道她干吗的吗？”

“干吗的？”

“野模儿，跟你们市场部经理认识，每年公司参加糖酒会都把她给带上。特能装，我们销售部哥们儿问她点事儿，爱搭不理，还甩脸子给我们看。有什么呀，不就是演过一两部低成本电影吗，还真把自己当明星了，等我混成了，等着！”

“你觉得怎么着就算混成了？”

“有钱啊！嘿，你还别说我俗，我比谁活得都明白，你看看我们每天看的那些电视、报纸、网站，五花八门的社会新闻：什么官员落马啦，什么老板跟小姨子跑啦，什么兄弟俩为了块地翻脸啦，还有什么毁约啦打官司啦……说到底，不都是钱给闹的吗？我跟你说小羽，男人就得有钱，这是男人性感的标志，权力也能让男人变得性感，可咱们平民老百姓一辈子哪来的什么权力，钱不一样，只要努力，谁都有机会挣钱。”

大华不愧为一名合格的销售，他所从事的职业，的确是以钱来衡量成就的，某种程度上说，钱也算这个职业的道德。

[05]

大华的职业迎来转机。公司新上任的总经理带来新的营销顾问团队，其中举足轻重的一人正是大华早年在另一家公司的上司，聪明的大华巧妙地对所有人掩盖了这层关系，直到有一天，同事们撞到他们同出入一家会所。

季度例会，销售经理点名表扬本部门的明星员工，大华首度被提及，同事们纷纷凑过去拍他的肩头，他尽露喜色。不远处的陈劲五味杂陈，他的业绩依旧排在大华的前面，但原本属于他的那些好省份被上司分给了大华。

大华抖起来，举手投足，带着祥和的风。也就是从那时候起，“花王”称谓在公司绝迹，同事们纷纷跟着我叫他“大华”。大华开始请客，大到公司副总，小到在读实习生，纷纷在不同的场所享受着由大华付费带来的欢乐。他的用意再明显不过，新朝新气象，他要借机成为全公司知名度最高的员工，这样他的每一次努力都会获得最高级别的回报。

饭桌上，我不合时宜地提起那个外企姑娘，他对我说，自理发店门口吵完一架，这姑娘就再没找过他。他坦言他们的关系远没有外人想象的那般奔放，交往三个月，缠绵不过三次，一次在她住处，一次在她住处附近宾馆，一次在她住处附近宾馆停车场的车里。

“你在车里做过吗？”他不怀好意地问，接着他笑起来，“你肯定做过，哈，你这个人最会装了！”我感到些许尴尬，压低声音回他：“我真没有，在车里干吗？不怕被人拍吗？不怕一氧化碳中毒吗？死的时候光着屁股那该有多丢人。”他嘴里的可乐“噗”的一声喷出来。

天上的雨云越来越低，适合“车震”的月份来临，大华晋升为华东大区销售经理，同时兼任整个销售部的副经理。为示祝贺，我买了只进口打火机送他，并在说明书上留下一行字：不是朋友，胜似朋友。他当晚手机回复我：不睡同事，只赢同事。相识之初，我告诉他，我从不和同事做朋友，除非自己哪天离职。他也告诉我，他从不睡女同事，除非女同事哪天离职。

[06]

郭小月说："大华不懂女人。"从女人嘴里说出这句话，想必大华真的不懂女人。女人的生理构造、女人的生理欲望，大华比谁都在行，但除了那个外企姑娘，我怀疑他从没征服过任何一个女人，他不过是个虚荣的沙文主义者，他只会讲荤段子，不会诉情话。

没有情话的花王，并非无用。市场部最大的女性客户无意间流露出对大华的欣赏，我借势劝说大华参与市场部公关工作。我告诉他，那个美女总监是那家上市企业的红人，没有她办不了的事儿，与这样的女性搞好关系，于公于私，都是笔不可限量的财富。

他轻佻地应下，思索片刻后露出难色，我问道："有什么不方便吗？"他伸出手："你们市场部那辆 A6 借我……你不是说那女的是海归吗？海归都是最装 × 的，我那辆破车开出去多丢人现眼。"

我把钥匙递给他，他心花怒放，我沉下脸说："不许在里面做……"他咧开嘴大笑："哎呀我懂。"

酒足饭饱，大华的嘴合不上，牛皮一路吹到天上，我俯下身帮他打开出租车的门，他一脸坏笑地拍打着我的肩头。同事散尽，我陪着女朋友留在夜色中散步。女朋友一语不发，脸上蒙着浓浓的嫌弃，我心虚起来，觉得自己有些忘形，我不该把自己私生活里的人扯进工作圈子，这不符合我一贯的作风，更有悖于市场部人员清高的形象。

“你们公司到底怎么回事儿？都是些什么人啊，读过书没有？三句话里有两句话带着脏字儿。”

“跟咱们坐一桌的大都是销售，我平时跟他们打交道比较多……销售一般就这样儿，讲话不装，接地气儿，尤其是北京出身的销售人员，挺好的……”

“你这叫什么话？我也是北京人呀，你们这儿的北京人真够给北京丢脸的。”

我竟然在自己人面前替这伙子人辩护，这真是不可思议。职场上，大华比我虚荣，我比大华虚伪，一个虚伪的人需要为一个虚荣的人讲话吗？不需要吧！要真这么干了，只能证明一件事：我变笨了。与贤人相处，不一定学精；与烂人共事，一定会变笨。

楼道内，他用我送他的那只打火机为我点着烟，轻靠过来说：“你别怪我说话直，上次公司聚餐，我仔细观察过你女朋友，我觉得她配不上你。”我挪开脑袋对着他：“怎么讲？”他顿一下，说：“你这女朋友有点假……真的，这不是什么好事儿，你想想看啊，你都跟她交往三年了，不同居也就算了，结果她连婚事都不愿意提，她想干吗？这分明是拿你当备胎耍啊，你可得留点心……”

楼道外，我把大华的鬼话丢到九霄云外，我怎么会相信一个破绽百出的人的话呢？是的，我从来没有信任过他。

［07］

三伏天，传来雷霆万钧的消息。海归女属已婚人士，她的夫君乃是他们公司所属集团的一把手，这个七十岁的老头子游历完欧洲大陆顺便和那边的小情人度了个蜜假，刚刚坐着头等舱回国了。

我气喘吁吁地给外地出差的大华打电话，见过大场面的大华在电话中轻描淡写地回道："有什么呀，已婚怎么了？已婚少妇我睡得多了，我告诉你，就这路女人，指不定背着她老公搞着几个男人呢，我不睡她，睡她的也少不了。哈哈，怎么啦？这点破事儿就给你整怕啦？你再这么着我连你也看不起了啊。"

他怎么可能放手，他的人生中，第一次睡到如此有价值的女性。海归女将他们公司一大批经营酒水的客户介绍给他，他的业绩自此冠绝销售部，他已是最大的区域销售经理，海归女推波助澜，令他的工作汇报对象直接变成了总经理。

他买新车，换新住处，不再请任何同事吃饭，与我的交流也越来越少。低级别实习生在走廊里主动与他打招呼，他随便哼一声了事。新来的女销售内勤错印了文件，他当众大声责难。至于同部门中陈劲这样的旧敌，他正眼都不再瞧了。

九月，天空中的雨滴变细，大华失去踪影。季度例会，总经理罕见地出现在销售部，大华所有的客户资源被新任命的销售经理接管，以往他专属的办公室换上了新锁。大华被辞退这件事，坊间流传着五个以上的版本，有人说他跟客户一起嫖娼被抓了，有人说他睡了副总的“小三”，还有的说他将公司的账目泄露给了一个女性客户……不管哪一个版本，都和女人有关，不管哪一个版本，大华都算栽到了女人身上，这很符合大华长期以来“花王”的名头。

市场部经理告诉我，先前与我们部门合作的那家国企目前正因为债务问题接受上级单位调查，与大华有染的那位海归女已火速办理了离婚手续，拿着绿卡飞去了美国。至于大华为什么被领导一个电话辞退，这件事与那家国企存不存在关系，他表示自己也不清楚。

无论何时，我们都不应该选择赌博式的人生，尤其那些号称“逢赌必赢”的人，得意时刻，往往是盲目时刻，而最糟糕的结果是：敌人喝光了你家的肉汤，留给你一口沾满污秽的黑锅。

忙碌的同事们再没提起大华，仿佛这个人从来不曾出现过。泱泱销售部，只剩陈劲一个人还在怀旧，出差寻欢过程中，他细数过往的同事与领导，念及大华，口气一如既往的“清新”：

“他就是个屁，放出来，大家乐一下，放完了，谁还记得他。”

外企姑娘意外地出现在公司门口，我走过去说：“他没跟你说吗？他一个月前就离职了。”对方冷冷地回：“你有他的新电话号码吗？”我摇头，她道谢完毕转身走掉。

[08]

十几个月后，郭小月在餐桌上聊起大华。

“你骗人，根本就不是你说的那个样子。他在我们公司蔫儿得像个傻瓜，遇见谁都跟日本人似的点头哈腰低三下四，连我们实习生都开他的玩笑。他从试用期到现在，一直跟我们公司行政部小郑两口子合租一个两居室，也没听小郑两口子说过他乱搞女人。”

作为同事，郭小月拒绝了大华的追求。郭小月不可能喜欢大华那种长相的男人，这点上我心如明镜，但她有一个“妹妹”的名分。这个“妹妹”自然是从我这边论的，我跟大华虽不是朋友，但总算是个老相识，老相识的妹妹，当然是“妹妹”。

我犯下低级错误，我不该对郭小月这种人讲太多过去的事情，一个刚满二十岁的女孩子，好奇心与胆量远比我们这些奔三的大龄青年厉害，她兴奋起来的时候，张口“花王”，闭口“车震”，有时候捎带着连我一起嘲笑，其无赖女阿飞之气质，比电锅旁飞过的昆虫还烦人。

“想不到你还有这么个妹妹。”

“不是一个娘生的，一个家族的而已，不过这姑娘是给家里宠大的，惹不起也躲不起的主儿。”

“你们中原的大家庭一般都很团结，听小月说，你和他哥哥当年在胡同里跟同一个厂子的男孩子打架，为这事儿还住过几个月的看守所？”

“家大了，不一定都是好事，会失去很多独立空间和话语权。比如郭小月这样的，她跟同宿舍学生闹矛盾，人家老师都说了是她的错，她却不肯道歉，打电话给家里说要搬出学校住，家里二话不说丢给我，我刚露出点为难的意思，家里噼里啪啦就给我骂一顿，搞得好像我做错了什么似的。”

“多好啊，就羡慕你们这样的，打啊闹啊，可根儿上都是个疼爱，在外面受了委屈，起码还有个哥哥投奔。”

“呵呵，我倒是想当个妹妹，可谁叫你是哥啊……就这小姑奶奶，以后指不定给我捅出什么娄子呢。”

他俯身踩灭烟头，缓缓走向远处的垃圾桶，归来，靠着冰凉的护栏静静望向别处。来不及落下的夕阳为大华扯出一条长长的影子，他不再像过往那般透明，失去了荤段子与信条，他的一切变得迷离起来。

[09]

有一个八卦的妹妹，除了烦恼，也能得到一些拼图式的信息。

大华离异家庭出身，母亲是个一只手的残疾人，在他很小的时候，母亲就被舅舅接走，之后改嫁到了外地，如今他已记不清这个女人的长相。大华的父亲当年是北大荒的知青，为了吃上一顿肉，跟着老乡一起踩着湖面的冰抓鱼，鱼跃出来，大华的父亲滑进去，从此后半辈子说不出一句完整的话。大华唯一的哥哥是位商人，聪慧好学，生财有道，靠着二手音响买卖置起千万元身家，他承担了弟弟的成长及学费，也为时疯时静的父亲聘请了保姆。大华十九岁，家里来了一个妖娆的女人，是哥哥的女朋友，也是未来的嫂子。大华毕恭毕敬，嫂子尽展风骚，血气方刚的大华无法战胜自己的生理欲望，最终被这个深奥的世界击败在一张吱吱嘎嘎的床上。

昔日的疑惑一一浮出水面。拥有北京户口的他，常年租住五环外的房子；找乐子闻名的他，从不涉足二环内的 KTV 以及西城区所有的小巷子；他粗口成瘾，却不能忍受别人嘴里讲出的“弱智”“脑残”“精神病”字眼。社交场上他哥们儿无数，却从未称呼过任何一个比自己年长的人为“哥哥”。

我的另一份惊诧是他对郭小月的信任，这份信任显然跟我这个老相识不存在什么关系。他竟然可以对着一个毫不严肃的小女孩倾尽自己的暗沉往事，唯一说得通的解释，是他爱上了她。郭小月相貌平平，但她气质上的某些特征，也许击穿了这个男人心底某块柔软的领域，那里，藏着一份比郭小月更加难舍的东西。

商场美食区，端着盘子的外企姑娘微笑着突然出现在桌子对面，我连忙放下筷子，站起身来与她打招呼。郭小月两眼放光，接着，为这场邂逅增添了一份不必要的尴尬，她喝下最后一口汤冲对面说道："姐姐你这么漂亮，那傻逼当初真是没眼光。"

见过外企姑娘后，郭小月不再聊大华，她对这个男人的好奇心正式用完，一切，恢复至无情与沉寂。接着，大华的存在感突破天际。

他被人打了，公司门口，几十双路人眼睛的注视下，被路边小巴里冲出来的七八个青壮给打了。同一时间，他停在路边的车被另外两个戴墨镜的青壮用铁条砸了个稀巴烂。警车和救护车同时赶到现场，医护人员将昏厥过去的大华抬上担架，警务人员将现场用布条封了个严严实实。一星期后，大华出院，拄着一根拐杖走进警察局，随后，他委托同事向公司递交了辞呈。

历史上，大华的电话第二次不再有人接听。郭小月并未因此向我咨询过什么，她明白这个爱过她的男人已失去最后一点尊严，他需要屏蔽一段生活，顺利的话，将这场生活中的自己一起屏蔽掉。

[10]

他们躲在车窗后面，齐刷刷地观察着从远处走过来的那个男人，时机成熟，车门拉开，十秒内完成对目标的合围。

大华的惊愕化为怒火，他双手撑地、腰部弯曲，试图从乱拳中挣扎着站起来，可他睁不开眼睛了，血液顺着毛发滴进眼皮，他周围的一切开始被一张腥红的巨幕吞噬。

他用尽最后一丝力气断断续续地高喊："你们他妈……到底是……谁呀……"

[11]

我的人生中，最后一次见到这个男人，是郭小月的毕业典礼。他在现场告诉我，他是从郭小月的社交网站上获取了消息，他要离开北京了，离开前，有几个人想见上一见。

他向我们介绍他身边那个比郭小月更相貌平平的姑娘，是他的未婚妻，名叫凤艳，他俩刚刚在河北首付了一套房子，婚后，他要和她的家人在那边开一个运动商品店。

饭后公园，郭小月与凤艳结伴去附近的卫生间。大华沿着河边的石子路边走边说："有件事我一直觉得对不住你……还记得当初我说你女朋友的那些坏话吗？希望你别往心里去，我当时是嫉妒你，所以才信口胡说的，我应该早点向你道歉。”我笑笑回他：“不需要道歉，我真没往心里去，而且我和她早就分了，你当时说的也没什么错，那女人心里的确有别人，我也是后来无意间在她住处的电脑上发现的，说不定，他们还睡过觉。”

他停下来，两眼直勾勾地盯着我，接着叹出一口气：“唉，说到底还是没缘分，分了也好，你应该找个配得上你的。”

我询问郭小月：“你真不去他的婚礼吗？”

郭小月答：“不去。”

我埋怨郭小月：“我说郭小月同学……这做人……得有点情义呀。”

郭小月答：“你少在我面前装圣母，你干吗不去呀？你跟他认识多少年了？你都不去，我干吗去？”

公司里怀念大华的人，依旧只有陈劲一个，他踩上包厢的沙发，高举手中的酒杯，对众喽啰道：“你们还记得‘花王’吗？那傻 × 当年吹起牛来不知道比你们这帮人高到哪里去了，我跟他谈笑风生！后来怎么样？这孙子现在在哪儿都不知道。你们这些刁民啊，说什么三个月内业绩盖过我，你们真是不懂什么叫传说！”

十月末，大华和凤艳结婚的日子，我完成了郭小月长久以来的心愿之一，带她到西山八大处瞻仰著名的佛牙舍利。

舍利塔外，一名年轻的红衣喇嘛围着塔三步一跪，郭小月直接看呆，感动得简直要哭出来。在女人眼里，宗教界的虔诚，犹如世俗中的真爱，那般难得，那般动人。

2016 年 10 月 8 日完稿。

飞 帜

[01]

霍小旗与我偷情，将手机音量调到最大放在枕边，这是她一贯的习惯，也是她快乐的方式。她喜欢看我出丑，酣畅淋漓之时，只要有人来电话，哪怕只是条信息，我都会被那高分贝的铃声震出冷汗，接着呼吸急促、全身变软，再拾鱼水之欢，必将前奏重启一遍，而这个桥段，可以令霍小旗肆无忌惮地笑。

霍小旗爱笑，多少年来一直在笑，这点证明她从来没有改变过，一个不屑于被生活改变的女人，总能轻松地驾驭生活，更不要说那些趴在她身上的男人们。她双手揪住我的头发，指甲在耳旁划出若隐若现的血印，她如此珍惜性爱的前奏，恨不得手机铃声多响几遍。

如果哪一天我不冒冷汗了，就证明我不喜欢她了，她是这样认为的。紧张，是性和爱的基础，也是所有快感的源泉，没有变数的游戏算不上好游戏，亦仿佛枯燥的人生不存在波澜。

她蜷在床头，点燃一支烟，轻蔑地望着我说："你就不能心疼心疼自个儿？你瞧你妹妹平时穿的，你再瞧瞧你，这破大衣你穿多少年了？凭什么呀？”我离开镜子不答话，她补充道：“哼，你就这命！”

[02]

霍小旗十五岁，美得像是上帝的私生女，我从未想象过一个十五岁的姑娘会有如此修长的身材且脖颈肤色与脸颊一样。好吧，是我少见多怪，我是乡下转来的学生，我是个标准的乡巴佬，乡巴佬读过的学校，女生们都是标准庄稼人的长相，四肢粗糙、面带菜色。相信我，十几年前，人世间的确存在这样的差别。

她一个人坐在大道边沿抹眼泪，两腿并曲，双手抱膝，乌黑的齐发遮住大半个垂下的脸。她无声无息，却分明在哭，她哭得过于伤心，忘记了这是条人来人往的主干道。我不敢停留，又忍不住多望几眼，我多么希望自己的脑袋能存储这段影像，我此生再不会遇到这么美的女孩子，也再不会这般心动。

多年后，我提起这件事，她却表示没有了印象，随后她努力思考了一会儿，挑起眼珠子说：“老子一定是痛经了，你为什么不上去安慰安慰老子。”随后她自言自语，“好吧，那时候咱们不认识。”我猜她心里是欢喜的，不管多聪明的女人，别人夸她漂亮，比夸她聪明更能够令她欢喜，欢喜起来的霍小旗，更加漂亮。

我迷恋于霍小旗的漂亮，迷恋十五年，检讨十五年，结果都是一个样。我无计可施，无论她的行径多么可恶，言辞多么粗俗，表情多么无耻，只要她跟我的距离小于二十厘米，我总要败下阵来，或原谅她，或理解她，或疼惜她。如果我这种男人具备统治世界的能力，那么霍小旗一定是统治世界的人。

[03]

“恭维我的男人分两种，一种是想跟我上床的，一种是想跟我上床后把我占为己有的。”

“我算哪一种？”

“你两种都不算，你也就知道拿‘第一次见到我’这件事唬我，来来回回，每次都一个路数，就跟你在床上似的，十年前你什么动作，十年后还那几个动作。”

“所以……挺没劲的是吗？”

“那倒不至于，我觉得有劲就好。”

她翻身躺倒在我身下，双手摆弄起我的耳朵，一边摆弄一边低语：“佳佳，说你爱我……”我呆呆的不知如何回应，她神色不改，继续摆弄，“佳佳快说，说你爱我……”

[04]

把没劲的人生活得有劲，霍小旗在行。她十四岁时就睡在了阳台，她本可以和跟母亲睡一个屋，或在客厅铺张床，但她去了阳台，从此，主卧的母亲、次卧的父亲，以及客厅厨房里的所有物什统统与她划清了界限。她憎恨分居而不离婚的父母，憎恨他们各自带回的情人，憎恨他们每个人沾过的每一样东西。

她拉着我走到边缘，指着整个阳台的布局说："我讨厌这个地方，你看，我从不捯饬它，我的东西少得可怜，这样我什么时候想逃走随随便便收拾个行囊就滚蛋了。"

我抱着她倒在阳台上的折叠床上……好吧，是她抱着我倒在折叠床上，她动作积极，两臂有力，第一个把衣服甩得精光。最后一只鞋子落地，所有冲动平息下来，我身体除了某个部分依然火热坚挺，其他各处瞬间变得冰凉。她没有感知到这些细节，也不在乎这些细节，她停止所有动作，静静地躺在我的身下，用酒醉般的羞涩的眼神对着我。

五分钟后，我成为她第一个男人，五年后，她有了第二个男人、第三个男人……她每次见到我，都要强调我是她的第一个男人，好似这是份永远讨不完的债。

她分明也是我第一个女人，而且长达十年的时间里，是我唯一有过肌肤之亲的女人。我忘不了那晚阳台角落的月光，忘不了她强忍疼痛时的低号，忘不了酒醉般羞涩的眼神……可在女人眼里，男人的第一次廉价极了，谁会在乎这个？霍小旗信誓旦旦地说：“就你这傻瓜，就咱们那个年纪，除了我，谁愿意跟你。”接着，她道出真相，“其实吧，我那时候一直对这事儿感兴趣，我不想跟其他人一样等到二十多岁才去感受，我想在我最好的年华就知道这事儿是什么感觉。”

第一次后，是第二次、第三次、第四次……每次都发生在霍小旗父母外地出差时段，持续时间一次比一次长，霍小旗再没出现酒醉般羞涩的眼神，她宛若成熟女性般洒脱与享受。

“第一次”为什么要给个傻瓜？她的解释云淡风轻：“你不是坏蛋啊。”

[05]

我不是坏蛋，我是通过坏蛋跟她相识的。

北京的中学，校门外总游荡着数不清的坏蛋。这帮人十七八岁，衣着邋遢，言语粗俗，嘴里装模作样地叼着香烟，看上哪个漂亮的女学生，围堵调戏；看上哪个笨拙的男学生，围堵要钱。霍小旗算是为数不多坏蛋们不敢围堵调戏的漂亮女学生，因为她身边有个比坏蛋们更狠的主儿——“鼻涕刀客”。鼻涕刀客，顾名思义，一年四季流着鼻涕，一年四季带着刀，外表上，他比任何一个笨拙的男生更加笨拙，气质上，他比任何一个骇人的家伙更加骇人。鼻涕刀客出身贫寒，智商奇低，全校只有从二楼掉下来住过院的那个男生的成绩比他差，几乎所有师生都认为他是先天性弱智，可就是这么个家伙，持刀捅瘫两名校外的坏蛋，住了半年的看守所。

霍小旗是唯一与鼻涕刀客进行生活交流的人，她给他买了名牌双肩背书包，买了线控单放机，陪他逛图书馆，帮他擦鼻涕，考试时偷偷找人为他代笔。很多人传霍小旗与刀客是男女朋友关系，霍小旗说他们只是干姐弟。

校外坏蛋们围住了我，我告诉他们我没有钱，坏蛋们不信，派两人固定住我的身体，另一个人搜索我腰间的书包与口袋。半分钟后，坏蛋们得到了二十元，他们不依不饶，将我按在地上殴打，我竭尽全力还手，完全处于下风，最后，我半张脸沾满鲜血，一只鞋子飞到马路对面。

坏蛋们将我压在地上，我失去最后一丝力气，坏蛋头头拎起我的头发问道："傻×，说，服不服？"我咳嗽一声回："你们有种今天弄死我，弄不死我，将来我就弄死你们。"坏蛋们再次将我压在地上。

霍小旗带着干弟弟从围观人群里走出来，蒙眬中，我看到她与坏蛋们争执，接着她的干弟弟在哄笑声中手持匕首追扎坏蛋，坏蛋们惨叫着远去。

“你将来有本事了，真会弄死他们吗？”她替我拍掉衣服上的尘土。

“嗯。”我抬眼望着她和她那抹鼻涕的干弟弟。

很快，我成为一个被霍小旗带回家的男生，第一个与她睡觉的男生，我一度期望我是她爱过的第一个男人，她却从未对我说过。半年后，霍小旗升上高中，与我和鼻涕刀客失去联系，两年后，摆摊做小生意的鼻涕刀客被社会上的坏蛋捅死，我去殡仪馆祭拜，没发现霍小旗的影子。

[06]

“她一看就是特喜欢利用人的那种女生，专挑笨蛋下手，就显得她比别人聪明，德行！”白小依如是说。

“谁不想一个人就解决所有事情，可能吗？她无依无靠的，混到今天这个样子，这是人家的能耐。”任珠珠如是说。

同一件事，不同人会有不同的解读，何况一个飘忽不定的女人。多少年来，我一直怀疑根本没有人读得懂霍小旗，这也正是这个女人追求的结果，谁读懂了霍小旗，霍小旗便不要谁。假如你只在乎绝对收益，不在乎相对收益，你会喜欢上霍小旗这样的女人。

霍小旗的一生中，站满了各式各样的刀客，这一点连她本人都不忌讳表露。她对我说，20 岁之前，她生命中最大的贵人根本不是什么流鼻涕的少年，而是那个在夜总会上班的表姐，表姐私下从事“交际花”生意，家人大都与她不睦，霍小旗成为为数不多可以信任的亲人。她帮表姐编造谎言，帮表姐打理账目，帮表姐蹲点刺探各个“凯子”的行踪，每月可因此获得上千元酬劳，过节时主动跑去慰藉这位孤独的无耻的表姐，会领取数百元的红包。

钱，成为霍小旗最大的骄傲，她自小便懂得生财理财之道，10 岁利用父母各自的丑事勒索零用钱，13 岁靠卖游戏币和考试题答案撑起个人小金库，16 岁时跟着表姐混怀揣三五个银行存折。她不是同龄人中最时髦的，却总是同龄人中最有钱的，她的一干刀客们，或帮她赚钱，或保护她赚钱，赚够了，攒够了，不复相见，他们被杀被抓，与霍小旗无关。

[07]

霍小旗的丈夫算不算刀客呢？按理说，她嫁给一个这么丑、这么孩子气、这么令她瞧不起的商人的儿子，就是为了钱，钱到手，自是要脱身，可她迟迟不提“离婚”字眼，更不许我向她打听婚姻情况，我不明白她在等什么？等更多的钱？等更好的刀客？还是等一个归处。

“你们都看错了旗旗，”任珠珠言道，“她是爱钱，但她生活里不全是个钱，她的追求多了。”

是，她的追求多了，性也算是她的追求，她以人妇的身份对我施展媚术，我顶着巨大的压力四下逃窜，她不气不馁，用一对坚挺的乳房将我吸附在盛夏的地板上。我道德丧尽，思绪分明，我拒绝和她去宾馆开房，因为宾馆开房需要身份证件，会留下清清楚楚的开房记录；我拒绝在她的住处过夜，即使她那个没心没肺一天二十四小时沉溺于网游的丈夫不察觉，她的其他亲人也不会不察觉。她比我聪明，也比我有能力洞察别人的心声，她自己租了一处郊外的房子，约我去那边媾和，且定期换房，换房时会提前告知我。整个过程，都是霍小旗在付出，时间，钱，精力，她把这一切都付出在我的身上，付出在我这个性技巧重复的傻瓜身上。

任珠珠是霍小旗的律师兼助理，也是她自大学以来最亲近的女人，我这边有关霍小旗的咨询，大都出自任珠珠的嘴巴。

“读大学的时候你妹妹就反对你们在一起，是吗？”

“是。”

“旗旗说，你和你妹妹的关系一直都不好，你还一直向着她，要不是因为这个，当初她就会选择跟你在一起，也不至于毕业后嫁给了别人。”

“就算当初在一起，她毕业了也不会嫁给我，她从没说过她喜欢我，她只说她喜欢钱。”

“哼哼，你呀，还真是个傻瓜……我还是那句话，你们都看错了旗旗，她没你们想得那么简单，也没你们想得那么硬气。”

[08]

历史上的白小依，第一时间便流露出对霍小旗的厌恶。她眼里，这个女人分明是在玩弄她的哥哥，她的哥哥在这个女人的玩弄下只会显得更加地傻瓜。

霍小旗心满意足地坐上公交车后排座位，沐浴着车内的灯火同车外的人招手，我微笑着回应她，她突然拉开车窗，调侃式地对我喊道：“白佳佳，你别忘了，你是我第一个男人！”

车里车外的人转动脑袋关注，我倒吸一口凉气，脸红起来，一旁的哥们儿哈哈大笑，用力击打我的后背，白小依脸色阴沉，双目下垂，恶狠狠地说：“不要脸。”

大学的年纪与霍小旗睡觉，比任何时候更贴合性爱的本质。我们都处于荷尔蒙旺季，彼此身边不存在其他异性，更没有同居、婚姻等远程包袱，我们就这么不分日月地裹缠在学校二公里外画家村角落的出租屋里。她和我的体液滴满了那里的每片砖瓦，画板上的油渍可以嗅出她不同于常人的香水味，她脱光衣服，站到我和画板之间，要求我一边抚摸她的身体一边作画，伴随着肆无忌惮的笑声，我执笔的手颤抖起来，五颜六色的水柱自画布的顶端滑落，刺穿沿途所有的瓶瓶罐罐。

我盯着那幅坏掉的静物画，盘算着自己与艺术的是是非非，盘算着自己与霍小旗的是是非非。

昙花式的霍小旗迎来黎明，来找我的次数越来越少，她为此给出的理由是：她正式结交了第一个男朋友。她甚至都不解释为什么不选择我做她的男朋友。霍小旗第一个男朋友，是霍小旗当时的兼职伙伴，据说两人倒卖盗版光盘已长达两年。事业，比往事催生出更强烈的信任感，她也许爱过我，但“男朋友”对霍小旗来说，不止“爱”那般简单。

[09]

我最后一次进入她的身体，觉察到异样，也许是我的无知，开口问她：“你男朋友是不是性冷淡？”她怔了一下，回敬道：“干吗？瞧不起人啊？”我连忙辩解：“没有……”她倒在我的肩上，细声细语地说：“他是个好人，但他那方面不行，我会帮他想办法……”

临走前，她问了一个问题：“你妹妹对你这样，你为什么还对她那么好？”我告诉她：“白小依再不济，也是我妹妹，我就算什么都没了，有个妹妹，就算有个家。”

“有家怎么了？白佳佳，你别这么传统好吗？有家就一定幸福吗？有个妹妹又怎么样？你请她吃饭，给她钱花，她什么时候关心过你？她什么时候把你当成她家里人了？你自己好好想想！”

我低着头不作声，她火速收拾东西走人，门摔上的那一刻，她补充一句：“你就是个傻瓜！”我抬起头，意识到这是她对我说过的最真诚的一句话。

[10]

有个家，就不算孤魂野鬼，心里爱着一个人，灵魂就不会飘零。

白小依是我的家人，但我在她面前从来没有提起过“家”这个字，这点上我的确如霍小旗说的那样心虚。我不曾真正地拥有过家，或者说我不曾拥有过一个像样的家。父亲是酒鬼，母亲杀死了他，出狱后她跟一个外地男人走了，负责抚养我们兄妹的族人，视我们作累赘，以至于我和白小依自高中后便选择了宿读，即使是中秋节这样的节日，也不愿再回到那个阴影密布的“家”。

霍小旗也是没家的人，她的父母离婚前，她从那个阳台搬了出来，尽管母亲通过离婚官司获得两居室和一笔数目不菲的赡养费，她却再没回到那个地方见过母亲。她曾经说过，即使她的父母将来想起还有这么个女儿，她也不会再叫上一声爹妈，她十岁之后便不屑于有这么自私任性的爹妈。

没家的人，也没有了爱，那么还有几人能守住自己的灵魂？值得去守吗？

[11]

“当年我离开你后，你追的那个姑娘叫什么来着？”

“周莉。”

“对，周莉，在网上口口声声说你是她初恋的那个女生……她也是离异家庭出身对吧？

“是。”

“你和她睡过觉吗？”

“睡过。”

“几次？”

“……问这个干吗？”

“你爱过她吗？”

“爱过。”

“爱过……哈哈，那她嫁人以后还跟你联系吗？”

“联系过，问我过得怎么样，我说过得还行。”

“你看到没有，人家这才是聪明的主儿，为了钱，直接把你这个初恋给扔了。你情敌娶了周莉，打败你这个初恋对象，该多开心啊，这以后还不得把她捧在手心儿给你这个失败者看啊……就人家周莉这股子聪明劲儿，你跟我这样的人都差远了。”

手机响起，霍小旗不接，任它鸣叫，我伸手拿起来，照旧不知所措，想关掉，却也不敢，霍小旗笑得上气不接下气，整个人直挺挺趴倒在被子里。

霍小旗离婚了，她特意选择在这样一个温存兼紧张的时刻过后告诉我这个消息，想必她觉得我这样一个传统的人会为此结局长舒一口气甚至于心花怒放。我没什么反应，问她的第一个问题是有关于离婚的细节，她不耐烦起来，告诉我她离婚的原因是她和任珠珠一起逮到了丈夫与游戏平台的直播女在一处宾馆里进行性交易。

[12]

她白我一眼，我瞬间意会到她的气愤与难堪，是啊，这个离婚理由太荒诞了，仿佛无肉不欢的人抱怨素食主义者的偷腥，可偷腥也是腥，沾了腥味的素食主义者在信仰与道德面前再没有讨价还价的底气。我第二个感觉是，她一直在等这天，等不到这天，她要创造条件等到今天。

“我告诉你，我是霍小旗，不是霍小玉，就算我负过别人，别人也休想负我。负了我，死的是他，不是我！”

她当然不是霍小玉，她分明是夜奔的红拂。她巧妙地创造着各种天时、利用着各种虬髯客，然后一偿所愿。她是如此地直白，不留下丝毫阴险的痕迹，除了当年阳台上那一抹醉酒般羞涩的眼神，我从未见识过她拥有过哪怕一丝的属于女性的痴情。她没有爱过她任何一任男朋友，如今也包括了她这个笨蛋丈夫，这些男人在她眼里统统一路货色，不过是投资的桥段，不过是流着鼻涕的刀客。

那个坐在路边掩面饮泣的少女，是我唯一一次见识过的哭容，陌生人前，她尚且遮遮掩掩地哭，皮肉交融后，她再不会让人觉察到她的脆弱。

[13]

离婚的霍小旗，光明正大地来我的住处过夜，她干脆带来生活用品，将这里当作她下一个家。霍小旗忽略了“家”的属性，我这里不只有她一名女性，另一间卧室时常会下榻一个叫作白小依的姑娘。

她不以为然，白小依成了她新的获取快乐的方式。白小依平时住大学宿舍，周末时分拧门归来，每逢这时，霍小旗撒娇求欢，淫词浪语故意叫得震天响。起初，我怀疑过这是她的报复，她知晓白小依此时彼时对她与我的所有不敬，她要故意让这个姑娘在亲人面前丢脸。后来我发现，她眼里根本没有白小依这个人，她不过是习惯性地看我出丑，我紧张的表情会带给她快感，这快感在她那边很快会转换成愉悦，愉悦接着带来爱的假象与冲动。

“来，摸我，像你当年画画时那样摸我……”她扯掉内衣站到我和电脑之间，我推开她说：“好了，躺回去睡觉，别乱来。”她不依不饶：“别呀，我告诉你，我现在特有感觉……”她抓着我的手放到身上，装模作样地呻吟了一声，接着肆无忌惮地笑起来。

白小依的脚踹上房门，“咚咚咚”响。她一个跟头栽倒在我身后的床上，笑得比先前更放肆。

“笑什么笑！喜欢叫春，出去开房可劲儿叫去，别他妈脏了老子的地儿！”

霍小旗被刺痛，收起笑声，穿上睡衣，赤脚走向房门。我伸手拉拽她不及，咔嚓一声，门打开，白小依出现在门外。

“你刚才说谁叫春？”霍小旗拨弄完头发，伸手指着白小依。

“说你呢！怎么了？妖里妖气的你还有理啦！”

“操！你跟我再说一遍！”霍小旗抓向白小依的头发，反被白小依抓了个先，白小依一手按压霍小旗的头颅，一手狂扇她的脸蛋。

霍小旗开始大叫，我用力拉开白小依，霍小旗趁势一脚踢在白小依小腹，白小依踉踉跄跄倒地，起身后跑进厨房，操着一把明晃晃的水果刀走出来。

“别拦着我！你让她扎我，妈的一个小丫头片子在老子面前装什么大个儿！真敢拿刀扎人的长得不是你这样儿！”

我用力抱住霍小旗，哀求式地对白小依说道：“把刀放回去行吗？算我求你了……”

“你就这么没出息一辈子吧！”白小依摔刀回房。

我呆呆站在原地，心如乱麻，不知所措。霍小旗火速收拾东西走人，门摔上那一刻，她补充一句：“这就是你的家！”

[14]

窗外，是霍小旗匆匆的背影，她连背影都美得如此有实力，让人分心，让人沉沦。婚后的霍小旗，业余时间经营着性健康话题的自媒体平台，她的美艳、她的勇敢、她的露骨、她的老练，令她的粉丝人数短时间内便超越了那些道貌岸然的社会学者，她是这个时代最知名的线上女妖，每个人都知晓她是妖，却不由得在妖面前乱了方寸。

白小依那几记耳光，算是世人对妖的终极回礼，她差点就此现出原形，但不至于就此清醒。

回到客厅，我叩开白小依的房门，试图继续安抚她，白小依洒着眼泪大吼大叫："不许你再和这个女人来往！你是我哥哥，就算你再没出息，也不许你娶一个离过婚的贱货！"

回到卧室，我拨通霍小旗的电话，试图继续安抚她，霍小旗操着脏话大吼大叫："以后甭他妈给我打电话，除非你离开你那个傻逼家搬到我这边来！你从第一次睡老子时就该知道，老子要做什么事，除非是我自己不愿意，我愿意，谁他妈也管不着！"我问她："霍小旗，你跟一个小姑娘置气，有劲吗？""有劲！"她喊完挂掉电话。

[15]

她屏蔽了我所有的联系方式。

我开始思考，坐在阳台上细细思考。我迷恋的，不只是霍小旗的美色，还有一种情分，是啊，我也到了怀念情分的年纪，情分，比美色动人，比美色更具杀伤力，我甚至应该反思自己到底爱没爱过霍小旗，如果我爱过她，那肯定不是一次，我为当年月色下的那副胴体动容，为那抹酒醉般羞涩的眼神感伤，这分明是爱上一个人的模样。我曾将油画视作生命，将她一次次作进画里，渴望着她永远停留在那里面，这分明是爱上一个人的模样。我顶着奸夫的雷，游击式地与她幽会，继而躺在枕边对着一部手机冒冷汗，这分明是爱上一个人的模样。

白小依说的没错，我没出息，我始终被这个女人玩弄着，我如果真的似想象中那般爱她，我真是一枚被玩透了的傻瓜。

任珠珠成为我唯一能够约出来一诉剩余衷肠的女人，她也是我所知道的霍小旗身边的最后一个刀客。

“她不会在北京待了，这儿有太多她不乐意见的人。我们说好一起去深圳，她在她公公那个公司做总经理的时候，最重要的几个客户都是珠海那边的，我帮她打赢了离婚官司，她分到不少钱，这些钱足够她自己当老板了。”

“她连我都不想见了吗？”

“她走之前，会来看你和小依的……佳佳，我还得说一句，你算有才华的人，深圳那边的机会远比这边多，房子没这边贵，薪水还是这边的两倍，你就真的没考虑过？”

[16]

雪片中，一袭黑装的她在任珠珠的陪同下迈出车门，她两眼微红，站定后静静望着我。我收起伞，拍拍旁边的白小依，白小依噘着嘴站起来。

“你真的不跟我走？”

我点下头，并未答话。

“你爸死了，你妈走了，你现在的家人没一个瞧得上你的，连你追的女人都把你甩到一边去跟有钱人过日子去了，北京这个破地方还有什么值得你留恋的？”

我依旧答不出话，她知道我还留恋着一些东西，尽管我这样失败的人看起来不应该再有什么留恋。

手扶车门那一刹，她轻轻拉了下任珠珠，任珠珠跟着她一起停下来。她转过身，抹了把眼泪，轻轻地说：“佳佳，你不许忘了，你是我第一个男人。”

车子缓慢行远，我脑袋里闪动着无数美艳的画面，我多么庆幸自己存储了这些影像，我此生再不会遇到这么美的女孩子，再不会这般心动。

[17]

春末，絮花飞舞，白小依毕业。住处楼下，我收到一封快件，寄件人署名是任珠珠，打开，是一本厚厚的毕业纪念册。我坐在路边台阶上翻弄它，里面的霍小旗十五六岁，正是她与我相识的年纪，也是她最好的年华，她把她最好的年华，以及她对最好年华的回忆，统统给了我。

天空的阳光不再那么浓烈，欢喜的白小依带着一干同期毕业的闺蜜出现，我藏起相册，在白小依介绍下挨个儿同她们问好。白小依说："一会儿我们在附近吃个饭，你去帮我们订一家吧。"我点头应下，接着姑娘们跟着白小依上楼，楼道间一位姑娘清晰地发问："你这哥哥有女朋友吗？"白小依故意扬起嗓子："有过，都是傻 ×！"

阅人无数，而后孑然一人，伤人无数，而后为一段未证明的爱去感伤，是我们这个年纪最容易犯下的毛病，那些改变着的、从未改变的，不管是第一个，第二个，第三个，似乎都逃不过这场宿命，如此说来，结局一样，何故改变呢？

而我们曾有过的种种紧张与快感，的确没劲，犹如一道道精华射尽，换来的不过是漫无边际的空虚。

2016年10月16日完稿，收录于“ONE”。

姑娘，姑娘

很多人眼里，“798”是艺术的代名词，各地文青进京，不到“798”一遭，简直枉来此地，简直凡夫俗子。可在某些北京文青看来，“798”不过是三流艺术家向非艺术系人群献媚的地方，那里满墙的颜料，不是赤裸裸抄袭西方某个大家，就是将自己的情人深情描述一百遍，这些不要脸的破玩意儿，也就蒙蒙学理科的姑娘，内行人看在眼里真叫个闹心。

北京文青对待“798”的态度，像极了北京大妈对待王府井的态度，北京人谁去王府井消费啊？那分明是蒙外地人的地方，北京人自己买衣服有动物园批发市场，吃小吃有护国寺和鼓楼大街，想追个时髦干脆去新光天地，那才叫真洋气。同理，北京文青光顾“798”，只存在两种可能，给外地老同学做导游，或与非艺术系姑娘约会。

冬日的画廊，我身边的理科姑娘上来就要我解释啥是当代艺术。这是她和文艺青年约会的路数，她喜欢对我们这种人的出身及爱好评头论足，并以此为引子一点点奚落当代文艺青年的阴暗，仿佛全天下我们这样的人都咬舌自尽了，她这样的女白领才能恢复学术界与无聊界的地位。

我盯着一幅裸女酝酿两分钟后，说：“当代艺术源自生活。”她说：“完啦？”我说：“可不完了。”“还以为你要大吹一番呢，你们学艺术的不都挺高调的吗？”“不是所有人都高调好吗？其实艺术哪儿有那么高深，就是你们这些人把艺术给神话了，艺术也不过是现实生活的一个映现而已。”“你这是变相高调，‘艺术源自生活’的后半句是‘艺术高于生活’，你以为我不知道啊，还映现，你看看这些画，哪些是映现生活的？都是故意夸大和扭曲生活的，还有这一张，你看，赤裸裸地意淫大胸。”“小声点儿，人家这个画家是女的。”“我就说嘛，”她气势不减，“她肯定没胸。”

她接着说：“那你给我说说古典绘画和现代绘画的区别。”我反将一军：“你先说你怎么理解的。”“我觉得现代绘画就是大家比赛谁画得不像，就跟毕加索一样，早期画得挺好看，后来越画越像儿童画，为什么啊？难道就为了个返璞归真？”“嗯，这么说吧，用你能理解的说法来讲，古典绘画就是写实，画得越像越成功，后来照相机出来了，画家没饭吃了，开始加大主观处理成分，过程跟现在的修图软件差不多，淡化客观事物，加入更多个人思想的表达。个人思想表达到极致时，便开始扭曲和纠结，过程和人生差不多，一开始清纯、质朴，后来开始欺骗与自我欺骗，最后觉得什么都是唯心的。”“真扯，你这种观点发到网上肯定招来一堆骂。”“这年头儿在网上说什么不招人骂？可总得有人说呀，何况艺术本来就没什么标准，没你们学科技的那么呆板。”“哎呀，你还拽起来了，”她瞪起眼睛，“我们学科技的怎么呆板了？你再说一个试试看。”我肝胆微寒：“……学科技的严谨，比艺术严谨……好吧，我刚才扯的那些确实招骂。”

画廊门口，她清了清高跟鞋上的尘垢，谈起艺术圈的丑陋，主指男女作风问题。“你承不承认你们学艺术的都很乱。”“不能叫乱吧，应该理性看待这个问题。”“嚯，这个也能理性看待，你们要理性能乱来吗？”“我是说理性分析这种现象。我问你个问题啊，人世间最美好的东西是什么？”她望着我：“你不会说是性吧？”我冲她摊开双手：“是姑娘。”她眉头紧锁，表示不解。“艺术家最喜欢的东西是什么？是姑娘,姑娘是世间最美的事物，是艺术家灵感最好的源泉，所以你看毕加索爱了一辈子姑娘，画了一辈子好画。”“他妈的你们离了姑娘就不会画画啦？说那么多不还是个色吗？女人也有当画家的，她们难道也像你们男人一样靠着下半身才能搞创作吗？说好听点儿，你这是泛性论，说难听点儿,就是个色。”“其实女画家也……”“你看你看,下雪了。”“好吧，下雪了。”“你们文青下雪了会出来玩吗？”“文青也是人啊，为什么下雪不能出来玩！”

她不依不饶：“我不明白，性对你们男人真有那么大魔力吗？你看啊，你们平时讲笑话讲这个，画画时画这个，还经常凑在一起看这种片子，哪个小姑娘冲你们乐一下，你们恨不得立刻把她赶上床，你说你们是不是这样？”我笑出来：“干吗非得说这个？”“你看，你还笑，笑就证明我没说错。”“我笑是没见过你这样的，你一个名牌大学毕业的大姑娘在大街上聊上床，还真有你的。”“我也没说性不对啊，只是你们男人分明就是下半身动物，任何时候、任何地点，一遇到下半身，立马投降，什么坐怀不乱、清心寡欲，都是瞎扯淡。”“我从生理角度辩护一下啊。你也知道，男人性欲最强的年龄是十几岁到三十岁，女人是三十岁到四十几岁，对吧？所以你不能只站在一个立场上说话。”“就算是这样，也不公平，哦，我们女人最好的年华都给了你们享受，我们自己想用的时候你们又不理我们，找小姑娘去了，有些干脆还不举了……”

我抬眼看看身边的路人，凑近她耳根：“今天是我娘的生日，咱能不能不说这个？”“那结了婚呢？你们这些学艺术的结了婚也不怎么安分。”

她顺理成章聊到婚后出轨，亮出撒手锏。

说实话，我被难住了，这种既聪明又残忍的姑娘真叫人又爱又恨，她不知道男人被问是否出轨就跟女人被问是否爱钱一样尴尬，稍有不慎，就会被戴上虚伪的帽子，可我又不能过分真诚，否则我和她的关系很可能就此夭折。我鼓足勇气站定道：“现行的道德体系下，出轨是错，这无可辩驳。”“那为什么现在婚后出轨的男人那么多，大多还是有文化的人？明知是错，还背着家人在外面乱搞，这是为什么？”“大概是空虚吧，不过也有不乱搞的，你别总把男人看成一个德行。据我所知，很多搞科研的男人就守身如玉，他们钻在实验室里捣鼓半辈子，对他们来说，窗外有一个老娘儿们就够烦了。另外，男人也会成长，年轻的时候不可能真正理解幸福和性的关系，就好像很多玩摇滚的，直到自己有了女儿，才开始懂得尊重女人，你们应该给男人一点儿信心。”

她瞟我一眼，瞟得我心里发毛，我望着她：“是这个理儿吧？”她叹口气：“好吧，放过你了。”我说：“嗯。”

雪开始下大，呼呼地往眼睛里钻，我提议去路边的咖啡馆躲躲，她嫌咖啡馆人多，坚持散步。我站在路灯下给她整理帽子，整条街道就我们两人，她噘着嘴巴看着我，像地主家的二小姐看着佃农家的大儿子。我拍拍着她背后的雪：“刚才咖啡馆门口的那个男生一直偷看你，你得意吧？”她问：“哪个？”“就背红包那个，你看你看，进去了。”“就那个啊，你看错了吧，人家怎么会看我？我今天裹得跟个企鹅似的。”“不不，您盛装之下难掩春色。”她笑着推我一把：“去你的！”

“刚才我问你出轨的问题是不是很过分？让你有点儿难堪。”“不不，您拿捏得恰到好处。”“你少装，我知道你们男生都爱面子，听不了女人问这些尖锐的问题。”“可你还是问了呀，这说明你是真心想听我的看法。咱们认识这么长时间了，你才问起这个，已经很仁义了，我……我很感动。”她得意起来：“是吧？你看我也是读过书的人，别以为就你们文科生懂礼数。”我点头如捣蒜：“是的，是的，那依着您的路数，下面是不是该考察男人责任心、事业心之类的啦？”她再次睁大眼睛：“哇，你好聪明，那你跟我说说什么样的男人才算有责任心。”

我面不改色，心里猛抽自己两个大嘴巴子。“责任心啊？”“是啊，责任心，你怎么理解的？”“我理解的责任心就是豁得出去吧。你也说了，男人都爱面子，如果他肯为了你舍弃那些面子，那他就是对你负责任。”她沉默五秒钟：“这个答得不错。”

“你呢？像你这样的职业女性是怎么分辨好男人与坏男人的？单纯以责任心划分吗？”“那不一定，有责任心的男人不一定都是好人，有些人对自己人过分地照顾，也意味着对别人冷漠，这种人其实也挺自私的。”“比如愚孝，对吧？你们女人都讨厌这个。”“这算一个，还有其他一些事情，总之，不能把自己的幸福建立在别人的痛苦上，那算不上好人。”“女孩子能看到这一点，很难得。”“你什么意思，你这是看不起女人了？”“不是，我是说很多男人都未必能认识到这一点。”

“你知道我为什么不喜欢你们文青吗？”“为什么？”她抬头望着前方：“不是说文艺不好，只是太文艺的人总有股子清高，总觉得自己品位特高，别人都是俗人，就他们雅，这股子劲儿特别让人讨厌。”“你说得有道理，很多人确实是这样，不过我觉得这不限于文青吧，应该是知识分子的通病。”“怎么讲？”“随便举几个例子说吧，在多数文青眼里，只有文艺才是高端的，因为他们自信找到了最纯洁、最美好的东西；在多数理科生眼里，只有科技才是高端的，因为他们自信掌握了科技就掌握了人类的未来；在多数商人眼里，只有金钱才是高端的，因为他们自信获得了金钱就获得了能力和地位；在多数律师眼里，只有法制才是高端的，因为他们自信法制是规范人类文明的第一利器，等等等等，这就是价值通病。”“你说的这些不能代表全部，只能代表一部分狂妄的人，我承认这样的人有，而且不少，但你不能否认你们文青这类通病最严重。”“但我比较看重人性。说到底，真正左右这个世界的，不是什么艺术，不是什么科技，不是什么法制，不是什么金融，是人，也就是人性。你看看好莱坞拍的那些描述未来的科幻片，科技、法制、经济发展到极致后，最后博弈的对象，还是人性。”“以人为本哈，挺老土的，不过也实在，唉，人真是种复杂的动物。”“是啊，所以咱们不能用一种方式去定义别人，比如说我是个医生，我看人习惯性地以身体机能为标准，可身体以外呢，我懂的不一定比人家多。用一种标准去衡量别人，只能证明自己的狭隘与无知。”

她眼神呆滞，长吐一口气：“说真的，要不是和你聊天，单单第一次接触你这个人，还真以为你是个精英主义者。”

“你发现没，每次咱们见面聊天，总会冒出一些特别世故的词，像‘男人’‘女人’‘文青’‘理科生’这些，咱们其实都习惯站在自己的角度和立场上看问题。”“是啊，老这样儿，真不好，不过也算人之常情，大家都习惯了自我保护。”“而且咱们还总喜欢攻击对方的生活，我骂你文艺，你骂我无知。”我笑出来：“别说得那么难听，咱们这是学术讨论，学术讨论。”她低下头：“不过这也怪不得我们女人，谁叫你们这些男人虚虚实实、不靠谱儿的，谁知道你们哪句话是真的、哪句话是假的？”“不能吧？你哪儿见过我这样实诚的人？一般男人追求女人，都故意夸大自己的优点，掩饰自己的缺点，我给你讲过我多少缺点了。”“对了，最近和你相亲的那个姑娘怎么样了？就你那个大学女同学。”“什么和我相亲的姑娘？你别乱说，就是老同学见面吃个饭而已，人家有男朋友，现在都准备回老家结婚了。”“她不是一直追你吗？这么快就放弃啦？”“她大学时看上过我，那时我没答应，后来六年多没见，这一见面就直接告诉我她男朋友多好多好，人家这是专程来逆袭我的。”

“你也是，丁吗老盯着同龄人呢？你现在这种条件，不是挺招二十岁小姑娘喜欢吗？”“我总得找个有共同语言的吧。”“哈，你指望着我们这样的剩女和你有共同语言，是吧？”“倒是和你们聊得来，怎奈你们这些姑娘心气儿高，动不动就要房子、户口啥的，我们这样儿的你们哪里瞧得上？”“哎哟，这就诋毁上啦，拜托你别把我们剩女想得那么恐怖好吗？我们要是要房子、要户口，不早找个这种条件的男人嫁了，还轮得上给你看？我们都是有情有义的好‘菇凉’好吗？”“好吧，你们都是有情有义的好姑娘，我们都是无情无义的臭男人，行了吧……男人也不容易，烦请你们多体谅一下。你说像我们这种从底层出来的小子，多难啊，身后没有弹药，眼前千军万马，房子、车子、票子，事业、家庭、孩子，这往后得多少担子啊？”“就你们男人照顾事业和家庭啦？就你们挣钱啦？我最讨厌你们男生讲这种话，家庭和孩子将来都是我们女人的活儿好吗？你别动不动就拿男人挣钱说事儿，这社会给我们女人挣钱的机会多，还是给你们男人挣钱的机会多？要是机会均等，我们用得着你们挣钱吗？啊，你们钱没挣多少，还抱怨我们女人要这要那的，你以为你是古装片里的大老爷啊？我们就得无偿伺候你们啊？”“你别急，我不是这个意思。”“你就是这个意思。”

“其实我能理解一些姑娘对物质方面的要求，毕竟像你说的，这个社会给女人拼事业的机会相对较少，加上生存竞争激烈，女人普遍比男人缺乏安全感，而中国人对安全感的理解，大多时候就是物质，或者说就是钱。”“唉，你以后可别这么说话了，你知不知道你这么说话会让一部分女人误解你，觉得你才是物质至上的人。我们女人要都奔着钱去，那天下有媳妇儿的就只有富豪，人家还不止一个媳妇儿，哪会有人肯跟你们繁衍人类？”“哈哈，好吧，我不乱说话了。”

“你恨以前不要你的那些姑娘吗？”“谈不上恨，当时确实动了点儿气，觉得面子上挂不住，后来想想，人家嫌弃，也证明人家是有追求的人，只是我不够分罢了。”“嗯，这才像句男人该说的话。你知道吗？你平时挺好的，就是急了爱说点二百五的话，乱指责人，乱得罪人。”“二百五也有二百五的好处啊，起码自我安慰功夫一流。”“这怎么讲？”“二百五栽了跟头，总能找出一千种方法安慰自己，比方说我们没钱洗澡，那我们就可以告诉自己，其实每个人生下来时都沾满了污垢。”“这算唯心吗？”“算。”

“你是不是特不相信爱情，觉得爱情特假？你好像写过类似的东西。”“哪儿有？你不知道我对爱情多么崇拜，我只是对婚姻不大信任，可能和我的出身有关系吧。我一度认为婚姻是个落伍的东西，是为了更好地控制人口资源和社会伦理而制定的法则，违反人性的。”“你这种观点就是典型不负责任的文青观点，根本站着说话不腰疼，要没婚姻制度，那咱们国家这么多人还不得乱了套啊，得有多少私生的孩子没人养，得有多少孤寡老人没人管？别的不说，婚庆公司和房地产商就先得饿死。所以说你们这些文青不能参政，你们都恨不得中国和20世纪60年代的美国一样：做个嬉皮士，弄个性解放，整天嗑药、泡妞儿、听摇滚乐，根本不管别人死活。”“你别乱拐话题，我是说我个人以往的见解。每个人根据自己的意愿去调配生活，就很好，就像从事销售工作的人使用好几个手机，同样是朋友，有生意上的朋友，有生活里的朋友。有些女人把男人分得也很细，有情人，有蓝颜，有备胎，有饭票，这都算是现代人的智慧；还有那些单身主义者、不要孩子的丁克等等，都是根据个人意愿生活的，你能说人家有错吗？”

“那你家里逼婚怎么办？你会为了结婚而结婚吗？你和我交往是不是就因为你家里逼婚？我告诉你，你要因为这个，我可不想见你。”“家里都逼婚五年了，我要从早从了，还用得着熬这么长时间？不过你说起逼婚了，我还真有点儿担心自己最后扛不住，我一个人哪抵抗得了那么大的传统势力？”“那怎么办？打算认啦？回你老家，娶个小村姑，给你爸妈生几个胖娃娃？”“你这话说得不厚道，村姑怎么了？村姑也有好人啊。再说了，我是男人，大不了以事业为重，跟谁过不是过？胡适那么前卫的牛人，不也是包办婚姻，守着个小脚女人活了一辈子吗？不过话说回来，你不一样，你是姑娘，我能绝望，你不能绝望，婚姻对女人太重要，你不能因为任何一个理由孤注一掷地乱嫁人。”“那你觉得我应该找个什么样的男人结婚？”“找个你喜欢的呗。”“你这说了等于没说，谁会找个自己讨厌的男人过下半辈子？”“非要定个标准，那就找个诚实的男人。我是这么理解的，男人可以有各种缺陷，但必须诚实，因为他今天在你面前小虚伪，明天就能肆无忌惮地大欺骗。你看上一个男人，得想法把他看透彻了，这样以后你们引发祸端的概率就大大降低。所谓女人的婚姻，不求惊喜，但求无祸，平平淡淡已是成功，祸端一起，女人吃亏，年纪越大，吃亏越大。”

她严肃起来：“我不骗你，这两年我也被家里逼婚逼得厉害，逼得我都有点儿神经质了，可我在感情上还是很理想化，结果导致现在越来越没自信，连我哥哥都说我要找的那种男人根本不可能出现，我也挺纠结的。”“没必要，你条件不错了，至少比我们这样的好吧？你长得不差，家属中产，父母都有文化，自己也受过很好的高等教育。”“你也不错啦，你能把生活分析得头头是道，把自己的职业规划得条理分明，还会应对家人逼婚，这些我都做不到。”“哪儿有你说的那么容易？顾的事情多，力量也就小了。”

我指着远处的灯火和车辆：“你看，芸芸众生，有很多不如你的人。”她白我一眼：“我干吗要和不如我的人比？”

暮色吞噬整个厂区，画廊、商店里的游客陆续走出来，男男女女，在雪地上撒欢儿。我受到附近人群的感染，俯身揉出两个大雪球，说：“要不要玩打苹果游戏？你把这个顶头上，站在那边，让我扔一个，而且你不能躲，扔不准算我输。”她竖起眉毛：“你怎么不说你站那边让我扔你，你这什么破游戏？”“这个游戏有个浪漫的典故。”“去你的，有个屁典故。”我站直身子：“还记得我跟你讲过的那个意大利球星巴乔的故事吗？他上学时很多女孩子暗恋他，他不知道选哪个，就用足球射苹果的方式选，姑娘头上放好苹果，巴乔踢球，击中谁的苹果，谁就是他女朋友。姑娘们不敢去顶那个苹果，只有一个站了出来，接着苹果被足球安全击中，这姑娘就是巴乔一直暗恋的那个学姐，后来，成了巴乔的太太。”她笑着干呕一声：“呃，真恶心，没见过你这么不要脸的。”

我用力掷向远处的烟囱，望着落下的雪球：“你有没有想过，咱们这个年纪的人，压力的根源是什么？”她说：“你先前不是说了吗？是责任心导致的压力，我认同你这个观点。”我扔出第二个雪球：“责任心是其中一方面，最主要的其实是咱们自己跟自己太较劲，总觉得必须趁着年轻拼一下才无憾，这种情绪无形中加重了咱们的压力。”“照你这个意思，什么都不在乎，什么也不争取，没心没肺的，活得简简单单，就没压力了，是吧？”“没错，就是这个意思，我也是这两年才想通了这点。有些东西，你追求了很多年，最后到手了又怎么样呢？任何东西都有缺陷，任何梦想都有漏洞，咱们其实都应该随性些，那样才会快乐。”“行啊，那我问你个随性的问题，你爱我吗？”

我回头看着她：“啊？”

“啊什么啊，问你爱不爱我，看看你说不说实话。”

我揉了把脸，抠了抠眼，说：“算喜欢吧，说爱有点儿大。算上这次，咱们见面一共才四回吧，我要说我爱你，你能信吗？”“就知道你会这么说。”“你这是陷阱式的问题，我要说我爱你，你肯定说‘你以前也是这么痛快地回答其他姑娘的吧’；我要说不爱，你就会说‘你看连你自己都承认是因为家里逼婚才约的我’。你这点儿心机我一眼就能看出来。”“哈，我就随便一问，你还扯出心机来了，咱俩到底谁有心机？”“那你爱我吗？我问你呢。”“我不想回答。”“没关系，你答嘛，我也是随便一问。”“哎呀，行了，我道歉还不行吗？这个话题咱跳过。”“你看，你连回答的勇气都没有，还嘲笑我。”“那好，你说，你说我爱不爱你？我让你说。”“不爱。”“何以见得？”“你听说过火锅理论吗？就是说你这样的姑娘本来想吃一顿大餐，但附近只有一家火锅店，不是说火锅不好，可终究不是你理想中的菜。”“你的意思，你就是那个火锅喽？”“对啊，我早就看清这点了，咱们认识快一年了吧，每次我提出正式建立关系，你都纠结、闹情绪，明明答应了，却又不甘心，每次咱们都因为这个吵架拌嘴断联系，几个月后你又主动冒出来跟我说话，你说，我在你眼里不是火锅是什么？说火锅是好听的，难听点儿就是备胎。”“王铁蛋！”她嚷起来，“你别总这么主观论断别人行吗？我刚才说了跳过这个话题，你有完没完？你把自己当备胎，还把屎盆子扣我头上，你以为你谁啊，你有什么资格这样说别人？哦，我把你当备胎，那你把我当什么？我他妈在你心里连个火锅都算不上！”

我弓着身子，一边撕纸巾给她擦脸，一边大骂自己是坏蛋。她坐在长椅上，使出吃奶的劲儿挤眼泪，两分钟后，总算挤不出来了。“好了，到饭点了，出去吃点儿东西。”“吃个屁。”“这边没卖屁的。”“卖个屁。”“你半个小时前就说饿，现在去，行不行？”“妈的，气饱了。”“气饱了才要吃饭啊，不进点儿膳，怎好将它们顶出来？”她扑哧一声乐了：“滚。”我笑着搀起她：“好啦好啦，都六点多了，这条街上的馆子可不多，一会儿人满了连位子都没了。”“那你不许再犯浑。”“我再犯浑，你就拿筷子把我扔进火锅里涮。”

“你是不是因为咱们昨天就约好吃火锅，所以才编出刚才那么个傻 × 段子？还是你早就编好了，存心要气我？”“苍天在上，绝对是现编的，没想到这么快就让您给识破了，小的愚钝，小的无能，小的下次给殿下您编点儿羊蝎子烧烤啥的。”“其实真正不喜欢吃火锅的是你，你总是口口声声说你口味随你妈，什么腥的、辣的、酸的都不吃，那你能吃什么啊？这个不能吃，那个不能吃，你活得累不累？你这样的人，累死你活该！”

雪还在下，眼前的道路再次变得平整，就连身后的“798”看起来也不再那么闹心，此时的它与外面的世界已毫无差别。

2014 年 6 月 22 日完稿，向伊桑·霍克、朱莉·德尔佩的“爱情三部曲”致敬。此文被豆瓣网重点推荐，引起较大反响。

南 门 大 侠

[01]

我无法忘记那张丑脸，他太丑了，丑得堪比现代艺术，嘴巴宽厚，鼻梁塌陷，雀斑横生，两只小眼几乎没有眼白，仿佛刀片在倭瓜上划出的两个小口，让人一度怀疑他无法看清这个世界。

比长相更奇怪的，是他的名字——周红霞。这是女孩子的名字，是地道乡下女孩子的名字，没人猜得出他父母的初衷，或许连父母都曾松过一口气，幸亏这不是女娃，男娃长成这样，已属家门不幸。他的同乡大勇告诫我们，不要叫他“老周”或“红霞”，“老周”是他爹，“红霞”他会急，从小到大他只认“大霞”这一个名字。

大霞与我同上县中，准确说是县里的三中，是全县教学质量最差的高中。这里收容的尽是没考上一中二中的小败类，也从没有人自这里升上过大学，惶惶学子，碌碌青春，不过是为了高二结束时的会考，会考结束，拿着一纸高中文凭走人。

大家第一次在宿舍相会，坐在床铺上群聊。孩子们认识的方式很简单，每人讲一个黄色笑话，我显然不在行，憋半天，憋出“莎士比亚”的老梗。多数人面露憾意，应付性咧嘴了事，他却不懂，扭头问身边的人，瞪着小眼期待答案，然后狂笑不止，谁都劝不住，越劝笑得越放肆。他也不许任何人碰他，一个“嗨”到极点的人，全身都是敏感的。

当晚，他贿赂同学，调换床位，主动与我做起朋友，自此阴魂不散，自习课挪过来聊天，放学拉我一起吃饭，连晨跑都故意挤到我后面。我虽然不敢正眼瞧他，还是接受了这份情义。大霞其实人不错，有着山里人特有的仗义与豪爽，只要你开口，他什么都肯干。

周末，大霞从老家带来一袋粮食，准备去食堂换成粮票，同学问：“大霞，这么一大袋子，你抱得动么？”大霞愣了一下，搬起地上的粮食抛向空中，一边抛一边咬牙切齿地说：“你看我能不能！你看我能不能！”宿舍里哄笑起来，叫好声此起披伏，大霞受到鼓舞，咧着大嘴将粮食抛得更高。突然，他停下来，丢掉袋子，收起笑意，噘着嘴巴说：“笑你们个头，就知道你们是爱笑话我们山里人。”大家笑得更开心，噼里啪啦摔倒在床铺上。

熄灯前，同学问：“大霞，你老说你一米七八，你能脚蹬住这边的上铺手摸到那边的上铺么？”大霞放下手里的书坐起来说：“什么叫摸到？我能手抓住对面的上铺，不信你们把我托起来试试。”众人托起大霞，大霞完成任务，正待炫耀，门口传出女班主任的声音：“都几点了闹什么闹！”所有人第一时间滚回床铺，只留下撑在空中的大霞。班主任走过来问：“红霞，你干吗呢？”

大霞汗如雨下却动弹不得，喃喃地说："张老师，我……我没干啥。"班主任说："还不回你床上睡觉去！"大霞委屈地说："张老师，我……我回不去。"

春季运动会，大霞代表我们班参加三千米长跑比赛。他显然不懂什么是三千米，枪响一刻即开足马力奔去，龇牙咧嘴，挺胸昂头，将一干名将远远甩在身后。全校师生惊呆了，一个个站起身来，哄笑声叫好声回荡操场。一圈半后，大霞体力不支，步伐失去平衡，像只中了毒的螃蟹，名将们陆续将他超越，接着套了他的圈，他停下来，望望天边的红晕，径直走回自己的班级。

我问大勇："这家伙一直是这样吗？"大勇笑着说："怎么会，以前在老家他不这样。他家特别穷，爹没本事，是个瘸子，娘跟人跑了就再没回来，他爷爷奶奶都嫌弃他们家，一直住在叔叔大爷家养老，总之，他们家属于抬不起头做人那种。现在出来上学了，当然很开心，这边没人知道他的底细，也没人孤立他。"

我相信大霞是享受自己的"活宝"身份的，因为再傻的人也能分辨出那些笑声的真伪，可他始终如一扮演着二百五角色，并乐此不疲。

黑暗中，他翻过身，静静地望着我。我揉揉眼问："怎么了？"他说："莎士比亚……"然后捂着脸咯咯笑起来。

[02]

我们当初所在的那所县中，地处牛城郊区，毗邻火葬场，空气里终年弥漫着奇怪的焦煳味道，这种味道激发出青春期男生潜在的暴戾，从教学楼到宿舍，从校门到操场，每日杀声不断，几乎所有男生课余都在打群架。学校南门是主战场，逢周末，那里的群架动辄百人声势滔天，荒唐的是，这些群架多数以半娱乐姿态出现。同龄人间哪有那么多仇恨，大家不过是无聊，两三个学生的拌嘴片刻演变成一大堆闲人的群殴，只是为了精神层面的饱满。

大霞成为南门外的明星，不是说他身手多好，实在是参与度无人可比。各个年级、各个班级，只要认识他的，都约他助阵，有时候两边都应下来，不知怎么办，就抽签决定帮谁，失败一方也不会恨他。大霞有自己的人生哲学，出身不好，长相不好，成绩不好，甚至连个黄色笑话都不会讲，能够支撑自己在这个地方立足的，只剩下了仗义和豪爽，他期望自己无私的付出能够换来更多人的信任，然事与愿违，大家还是习惯将他当活宝，对他的期许，永远只是一阵缓解压力的笑声。

大霞开始挨打，各帮派火并规模越来越大，争相把握低年级新人，大霞成为这些新人们练手的靶子。他们有个共识：此君白打，不会记仇，不会告发。楼道里，食堂里，操场上，南门外，大霞和一个又一个男生动手，被一伙又一伙男生追打，他果真没放在心上，从未告发。他觉得这些都是再平常不过的江湖恩怨，江湖上的恩怨，不算恩怨。

但他也有一个原则，那就是不许别人打他的脸，每每失势关头，第一件事便是护住那张丑脸，任凭拳打脚踢，就是不松手。我不理解，去问大勇，大勇说："他爹当年就是被人打脸打蒙了跌沟里摔断腿的。"也许是命运安排，大霞每参与斗殴，总会被对方打脸，他的脸实在太大了，这种先天性的缺憾真是伤透了脑筋。

学校里最著名的地头蛇盯上了大霞，这次他无论如何是护不住了，索性主动前去讲道理。他义正词严地告诉对方："过去无怨无仇，今后只想做个朋友。"地头蛇一路把他打出宿舍，再一路打到他的宿舍。最后，地头蛇打累了，嘲弄大霞，呼出一个耳光问："今天打你的事，敢告诉老师吗？"大霞含着泪故作镇定地说："你放心，我……我不会告诉老师。"地头蛇乐了，再捅大霞脑袋一下说："那你说说我们这次该不该打你？"大霞委屈地挤了下眼泪，恢复脸色说："是我的错，我……我以后不敢了。"宿舍里集体哄笑起来。

一般来说，遭此大辱，人的性格与行为会不同程度地发生改变，可这逻辑不适用于大霞，没过几天，他又和别人约架去了。支撑大霞对生活充满正能量的，是班上一个叫爱琳的姑娘，她与我同桌，有几分姿色，外加性格开朗，能够接受班上坏孩子的玩笑，是为数不多愿意跟大霞聊天的女生，于是大霞迫不及待地迎来了初恋。

一个月后，爱琳成为大勇的女朋友。

大霞心碎不已，通过我给爱琳送了封信，满纸语病错字迸发出山呼海啸般的爱意。大勇暴怒，指责大霞不义，大霞强硬回击，坚持自己有表白的权利，他大声告诉在场的人：大勇能认识爱琳是自己的功劳，他才是第一个认识爱琳的人。

南门外，大勇领着几个手下围殴大霞，大霞流着鼻血滚在地上惨叫。我冲过去拉住大勇的胳膊喊："别他妈打啦！你至于对老乡下这么重的手吗？"大勇停下来，望着我不作声，大霞爬起，脏手抹了把鼻涕，抓住大勇洁白的领口喊："张大勇！你有种今天弄死我，你弄不死我，我就不算男子汉！"大勇一脚将大霞踢翻，招呼手下离去。

这个丑陋的、辛酸的、幽默的、可怜的男孩子再次哭了，这次，他哭出了声，他再不顾旁人的脸色，崩溃式号丧，他连哭都哭得这么难听，仿佛一只病入膏肓的豺狼，凄凄厉，点燃远处的夕阳。

多年后，他告诉我，和大勇这场架是他前半生最痛的一段记忆，以往的种种欺负不过是些皮肉之苦，而这一次他感到心底有块柔软的东西被践踏了，这是一种无仇可报的屈辱，是一种透彻心扉的悲凉。

2001 年秋，三中的学生在一次群架中闹出人命，随后检察院的车开进操场，学校南门竖起“派出所常驻治安办公室”的牌子，从此那地方再没有人敢打架，而远在城里学美术的我也渐渐失去了老同学们的消息，我只听说大霞被班上的坏孩子孤立了，在万分痛苦中度过一天又一天，会考结束他第一个离开了校园。

进城前，他对我说的最后一句话是：“超子，你将来要是考上了大学，别忘了我。”

[03]

2009 年春，我离开 CBD 前往崇文门附近一家企业上班，在那边的楼道邂逅卖便当的大霞。

当时我十分尴尬，接过他递来的打火机点烟，火苗蹿出一尺高，把前面的刘海烧掉大半。他望着我头顶升起的那团烟雾，捂着肚子蹲在地上笑了足足两分钟。八年没见，我们第一时间就回到了熟悉的节奏。

大霞说，他 2007 年来京卖便当，先替别人跑了半年腿儿，表弟来京后合伙单干，他负责做，表弟负责送，忙不过来时自己也出门送餐，没想到今天第一单买卖就遇到了故人。下班后，我赶到大霞住处，约哥俩出来吃饭，席间以一个专业营销人士的身份帮他们做产品分析。我告诉他们，想赚这一带白领的钱，首先要增加菜量，其次是样式，最好学学韩式西式快餐。大霞为难地笑了笑，鉴于哥俩的实力，我的要求显然高了。

当时最令大霞头疼的，不是拙劣的生产力，而是他的竞争对手二丫。二丫是个黑黑瘦瘦的关中姑娘，也做便当买卖，后台硬，舅舅在崇文门附近开餐厅，她的便当全部出自那里，口味花样远胜大霞哥俩。面对二丫这样的大敌，大霞没什么好办法，只能继续打价格战服务战，反正他不嫌累，表弟忙不过来他就放下勺子骑车送饭。

一个月后，二丫成了大霞的女朋友。

我不明白这俩人是怎么搅和在一起的，向他请教。他告诉我，他和二丫在这一带便当市场斗了很久，今天你赢明天我赢，直到有一天，二丫当街拦住他的车子向他道别，她说她舅舅要她回老家相亲，届时如果村长儿子点头，她就得嫁人。她不想离开北京，也不敢拒绝舅舅，她父母双亡，是舅舅养大了她还供她上完高中。大霞大惊，驱车杀到二丫舅舅所在的餐厅，拍着前台处的桌子嚷嚷自己要做二丫的男朋友。二丫舅舅现身，唤出后厨二百斤大胖，大霞气运丹田击出双掌，被大胖一脚踢出门外。大霞不忿，隔天再去，又被轰出。他干脆停下手里的工作，每日专挑午餐和晚餐时间赶往二丫舅舅餐厅扮演滚刀肉，大胖明显招架不住，二丫舅舅亲自抄拖把上阵，大霞把大脸平放在桌上让二丫舅舅敲，二丫舅舅大喝一声敲下去，大霞起身跑了。

公寓门口，大霞望着二丫傻乐，二丫放下行李说："我舅不认我了，我也不想再跟着他干，既然大家是做便当认识的，那就一起做吧，我有手艺，炒的菜比你好吃。"自此，二丫成为便当小分队大当家，大霞也再次做起职业送餐员。

大厦一楼大厅，物业经理发现我与大霞交谈，走过来问："这就是给你们公司送饭的那个人？"我说："是，正和他商量我们那一层的订餐情况。"物业经理转向大霞，仰起下巴露出鼻毛说："我告诉你卖盒饭的，以后你们这种人少用大厅这边的直梯知道吗？你们这种小个体经营者，连身像样的制服都没有，我们这边上楼下楼都是有身份的人，你以后上楼用拐角处那个直梯。"

物业经理走掉，我看着大霞，期待他找补面子向远处骂上一句"傻逼"，可他没有，他缓慢地卸下笑容，憨厚地抿了抿嘴，接着又笑起来说："那就这样了，我和我弟十二点送过来，我先回去帮二丫炒菜。"

即使有了二丫的手艺，大霞的便当生意依旧不好，园区做快餐的越来越多，多是韩式西式口味，菜量虽不如大霞给的多价格也偏贵，可女白领们喜欢。现在的女孩子已不在乎午餐价格，她们喜欢新潮的口味，也生怕自己吃得太多。

大霞没什么挫败感，相反精神头比以往更足，早上奔波各处发放传单，中午奔波各处送饭，下午还要拜访那些习惯加班的广告公司。他奉行着和早年类似的人生哲学：自己什么都没有，没学历，没身家，没后台，有的只是使不完的力气和一腔的执着。他似乎总有一种超然的乐观，相比其他同龄人，自己已经收获了爱情，并在为娶那个姑娘而奋斗，市井中的嘴脸与刁难就算了，那都是些小坎坷，事业上的坎坷，不算坎坷。

为了给大霞抹平一些坎坷，我支出损招，告诉他以后每个月给这边大公司的前台姑娘们两百块钱，即便是大公司的前台，实际工资并不多，两百块同样值得尊重。大霞采纳了我的意见，销售业绩开始增长，一季度下来，聘用的临时工上升到两个，半栋楼都能闻到二丫饭菜的香味。可好景不长，一家以数字开头的知名快餐企业入驻园区，人家既有实体店又附带送餐服务，送餐员还都是水灵灵的“小鲜肉”。大霞的两百元政策失宠，送餐员恢复到他和表弟两人，渐渐地，表弟也用不上了，他的便当生涯走到了尽头。

新年过后，大霞打来电话，告诉我他迎来转机，二丫舅舅终于认可他与二丫的交往，并答应借给他们八万“大洋”。他们转投郊区，在职大南门附近的平民市场开了个小餐馆，经营早点与油泼面。

[04]

由于地理原因，我们见面的机会不复往日，彼此间联系愈发地少。直到 2010 年夏末，我搬到女朋友家所在的三间舍社区，才与大霞有了第二次团聚的机会，他和二丫所在的市场与三间舍相隔不远，步行不过十几分钟路程。周末，他亲自下厨招待我和我女朋友，坐在桌边笑嘻嘻问我："觉得怎么样？我媳妇儿老家的秘方，别看就一碗面，我学了一个多月才出山。"

可惜，大霞的境遇从来不会像他做出的饭菜那样美好，他们的生意刚刚有了点起色就面临关门歇业的危险，因为他们招惹了三间舍最著名的一个混蛋。

当年的三间舍，地痞丛生，很多无所事事的本地混混以欺负外地商贩为乐，其中势力最大的一个叫作老虎，老虎和他的手下很好辨认：光头，文身，出入乘坐一辆红色马自达。这帮人专门在职大附近收取外地商贩保护费，且专挑证件不全的下手，老虎自称上面有人，不给钱就捣乱，扬言一个电话就能封店抓人。

二丫说，老虎要的不算多，一个星期三百块。可大霞表示心疼，他是卖便当出身的，知道这三百块来得有多不易，何况自己和女友舅舅间还有份巨额的债务，他害怕老虎那帮人，也知道这地方很多做生意的都在交钱，但他就是不愿意。

他站在门口，看着老虎和手下进去轰掉吃面的顾客，踢翻滚烫的汤锅，二丫站在原地不敢动弹。老虎返回门口，用力扇大霞一个嘴巴子，说：“小子，明儿还这点儿，有种你就开门。”自此，大霞和他的店成为市场的明星，每天早上成堆的闲人围在外面欣赏老虎踢馆扇人，从没有人报警，大霞也不许别人报警，他大喊：“谁报警我跟谁急！”

二丫找到我，要我出面劝大霞交保护费，她不心疼这个钱，只是没想到自己男朋友这么傻。二丫流着泪说：“你认识他最久，你告诉我，他一直是这样的吗？”我说：“算了，还是报警吧，或者你们干脆换个地儿做生意，他现在不见我，电话也不接，看样子是铁了心。”二丫哭得更加厉害，抹着脸说：“我想报警，大霞不让，说现在报警，生意就真没法做了，老虎他们最多拘留几天就会放出来，出来还是不会放过我们。我也想过搬走，可开这个店大部分钱是我舅舅的，我舅妈一直在逼着我们还债，离开这儿，我们怎么还啊？这该死的大霞，早知道这样当初我就不该来找他。”

漫长的一个月过去了，大霞的店早已没有顾客上门，窗口的玻璃碴被淅淅沥沥的秋雨一点点敲到地上，他每日里准时来到市场开门打烊，端坐在椅子上注视来往人群。老虎来闹的次数越来越少，他对这个丑八怪愣头青厌恶到了极点，这小子无意之中拆穿了那个“上面有人”的谎言，至少所谓的“工商局关系”始终没有出现。市场里其他商贩陆续开始拖欠保护费，他们给老虎的理由是：“那个卖油泼面的活宝什么时候交钱，我们就交钱。”老虎向大霞发出最后通牒：保护费降为每星期两百块，或者两周内关张走人，十月份的最后一天，他会带全部人马来做个了断，害怕的话，可以报警。

我不知道大霞哪儿来的勇气，事实上在我有限的记忆里从未见他有过真正的胆识，他就是那个外表豪爽仗义骨子里仅仅靠蛮力劲汲汲于生的素人。他早就习惯了嘲弄与欺负，也忽略了诸多嘴脸与刁难，他默默无闻的人生躲避着各种波澜与变数，苛求的不过是一隅之安。

早上七点，大霞来到市场，在众人注视下重新打开那扇残破的门，瞪着小眼站在自己店前。一缕阳光从棚顶滑过，燃起人间无数个不屈的灵魂。

我急匆匆向单位请了假打车赶到事发地点，没有找到大霞和他的家人，整座天棚下都是交头接耳看热闹的人。警车呼啸着从人堆里穿过，小贩们伸着脖子对着车窗后座叫骂。

老虎留了大霞一条命，只打折他一条腿，大霞的余生将成为一名瘸子，就像他的父亲一样。警队队长也当场打折老虎一条腿，老虎逃跑时暴力袭警并试图抢夺一辆“三蹦子”，队长只好拔枪相向。子弹击碎了老虎的膝盖，他摔倒在路边的泥水里，在干警按压下像只待杀的肥猪发出凄厉的惨叫。这时所有人明白过来：

老虎在警局也没什么人。

我跟着二丫走进病房，对绷带护体的大霞说：“干吗收老虎家里人的钱？”大霞转动眼珠子说：“你小声点……过来讲。”我挨着床头坐下，说：“你看新闻了吗？检察院在公诉老虎那帮人，政府要一口气端掉三间舍所有的混混，你是主人证之一，你张嘴，他一准儿出不来。”大霞咧嘴笑笑，说：“我就是不张嘴他也出不来了，其他人已经联名举报，市场管理处的干事也被抓了，他和老虎的手下把老虎以前的案子全供了出来，里面还有劫运钞车的事情，你想，他还出得来吗？”我说：“这谁告诉你的？”他说：“给我做笔录的警官打电话说的，我把店里这一个多月的录像资料都给了他，他还是训我，训我不早点报警，训我不配合他们工作。”

二丫无话，坐在床边含泪剥了根香蕉给大霞，大霞放下香蕉，侧脸看着我说：“超子，我明白你的意思，可我们是穷人，穷人做不了什么大事，不是吗？现在这样，已经算最好了，我拿这个钱不亏心，这原本就是我们这些人的辛苦钱，有了它，二丫舅舅那边就还上了，我和二丫还可以去其他地方开个像样点的店。还有，你跟你朋友搞的那个培训班再干起来吧，关了多可惜呀，谁做生意没败过，接着干吧，我再借你钱。”

我心头泛起一阵酸楚，擦眼望了会儿窗外，回过头笑着对他说：“大霞，跟你说个事，你还记得当年在学校里带人打你的那个地头蛇吗？咱们老同学说这小子被判了死刑，他帮一个竞选村长的人闹事，结果死了人，跟他一起混的你那个同乡大勇为这事也进去了。”大霞摆正脸庞，望着灯光说：“我知道这事，前天爱琳在网上跟我说了，她说她不想受连累，要和大勇离婚。唉，我也不知道该说些什么，都是命。”

从医院出来，我趁着夜色走在路上，静静回忆了当年我们上的那个如今已不复存在的县中，我觉得大霞赢了，他输了二十多年，却一朝赢得这么彻底。这些都跟命没什么关系，不过是人情使然，活宝们一旦聪明起来便很少人再是他们的对手，因为他们拥有我们不曾拥有或不敢拥有的东西。

[05]

2014 年夏，大霞的瘸子父亲死在了牛城三院，他花费二十多万在老家办了有史以来最风光的一次葬礼，各种铜鼓洋号、露天电影、杂耍大戏整整折腾了小山村半月有余。出殡那天，队伍里开着裹着白布的豪车，风中飘荡着金箔制作的花片，大霞举着孝幡走在众人前面，始终高昂着头颅。

他的快餐店发展到三家，引起同行关注，最终他选择了与以数字开头的那家企业合作。店面重组后，旗下员工开始戏称他“周董”，大家喜欢这个称呼，也发自内心地觉得喜感。周董发福，圆润的大肉覆盖了大部分不雅的棱角，他不再像当年那样恐怖，多数人惧怕的肥胖，却成了这种人的福利。周董的太太也发福了，简直又黑又胖，她不见我们这些老朋友，即使一窗相隔也不肯出来。大霞告诉我，二丫就是这个脾气，早年他也没看出来，她恨我这样的人，我这样的人当年曾看不起她的丈夫，现在她也不需要看得起我们。

“干吗非得还钱？”他扶着栏杆说：“你朋友不是说那个培训班正需要钱吗？接着干啊，钱不够再说话。”我说：“算了吧，自己干的班儿自己清楚，知道你现在不缺钱，还你钱是为了断我自己那份念想，我不是个做生意的料。”我转过脸问他：“听大勇说你现在在帮他老婆的忙？怎么回事？”他说：“算不上帮忙，爱琳挺不容易的，带着孩子跟着丈夫来到北京，半年多都找不到个像样的工作，我借了点钱给他们，他们去安贞那边卖油泼面了，听说生意挺好的，孩子也马上要上那边的小学。”我笑起来，说：“你是个好人啊大霞，好人……对了，我以前说过你是个好人吗？”他说：“没有。”我说：“你是好人，真的大霞，比我们这些人都好。”他也笑起来，说：“我算哪门子好人，我只对自己喜欢的人好，他们知道，我就知足了。”

2014年10月5日完稿，收录于“ONE”、《龙门阵》杂志，此文亦被豆瓣网推荐，引起较大反响。

姐姐的战争

[01]

姐姐和班花是闺蜜，后姐妹俩闹翻，打架。班花身手矫健，一把抓住姐姐的头发，打姐姐脸颊，嘴里问候我母亲。姐姐被压着头，一边哭鼻子，一边问候班花母亲。她早已失去控制力，却死死抓着班花一缕头发，以捍卫她最后一丝尊严。孩子们看热闹，起哄，没一个过来拉劝。姐姐鼻子被打出血，血和泪水掺在一起顺着松散的头发滴下，班花打累，问候我母亲，松开手，姐姐抹了把脸，慢慢走回座位，趴下，大哭。

姐姐和“白富美”的这场肉搏某种意义上就是她半生的写照，她堪称完败。据说她从出生就带着败象，深秋，万物破落，属羊，触女人之讳，阳火命，更是注定操劳一世。奶奶当年望着地上的脐带，喃喃道：“老天爷，保佑这闺女能活命。”

姐姐六岁半，左鬓生出骨刺，难倒十里八乡的郎中。姐姐这根骨刺，仿佛附身的妖魔，压得她夜不能寐，压得她眼黑气喘。终于，家人万念俱灰叩首问天的时候，她挣脱开母亲，跑到院子里，一头栽倒在炉火台上，“哇”地喷出两坨鲜红的血块。母亲大叫奔出，她从炉火台缓缓爬起，抹了把脸回过头说：“娘，我好像没事了。”

活了命的姐姐随后和其他孩子一起去上学，相比家徒四壁和贫贱夫妻无休止的争吵，她显然更喜欢学校，或者说她所有的快乐都来自学校。她的长相和成绩毫不起眼，可她爱那个地方，爱老师的点名，爱扉页的芳香，爱伙伴的嬉闹，直到肩背三道杠的班花因为一把铅笔刀把她揍得稀里哗啦，她这才发现这所学校其实并没有她想象中那般爱她。

1993 年，姐姐十四岁，上乡中，迎初恋。她连初恋都一股子悲壮，人家是全年级女生的梦中情人，更是班花的男朋友。这个长相酷似林志颖的男生喜欢拉帮结派打架斗殴，每次打架，后面都跟着上百人的围观队伍，尘土扬起，“志颖”打赢，他昂首挺胸目不斜视地走过人群，众喽啰在身后紧紧跟随，他突然甩一下头发，人群中几个姑娘失去重心。

“志颖”这样的好汉，一般都避免不了被开除的命运，班花会考结束后也离开乡中，两人挑个好日子鞭炮齐鸣地订了婚。“志颖”的爸爸是班车司机，与我父亲同年，叫大喜。大喜四两白酒下肚，开始散德行，深情地望着父亲说：“老哥，咱做亲家吧，只要你一句话，我这就找人退亲去。”父亲轻轻拍了拍大喜的肩膀说：“放你的屁。”

夜晚，停电了，父亲在烛光下安慰自己的女儿，他说：“算了闺女，咱好好上学，将来会有更好的。”姐姐低头饮泣，我很心疼她，却不能上前安慰，因为我只有十岁。

[02]

1996年，父亲单位下马，找不到好营生，母亲起早贪黑去工业区打工，挣四口人的嚼谷儿。作为一家之主，母亲动了不让落榜女儿复读的念头，眼睁睁两个娃都大了，她力不从心。姐姐想接着读，她坚信只有死死抓住上学这条路才能打赢出身，只有高学历和体面的工作才能挽回她人生的最后一丝尊严。她含着眼泪一家一家去求亲戚，这才有了读高中的机会。

穷人家的姑娘，有个书读，已然知足，从未敢向往同龄人向往或拥有的东西。姐姐豆蔻年华，出落得亭亭玉立，引来成片男生觊觎。她的闺蜜私下都有男友，她却不敢恋爱，她怕恋爱，怕恋爱影响她那本来就一般的学习成绩，她甚至没有勇气接受男生的目光，她在日复一日的拮据与自卑中变得越发的冷漠。

“王雅莉！”理科班的毛毛在二楼扯着嗓子喊，王雅莉没有应声，低着脑袋加速前行。她的心怦怦乱跳，额头渗出汗珠，她分不清这种感觉是厌恶还是不安，就像她无法理解那个昏热躁动的夏天。“王雅莉！”毛毛继续扯着嗓子喊，楼层开始躁动，女孩子偷笑，男孩子帮腔，甚至有人吹起口哨。王雅莉忍无可忍，一脚踩烂地上的情书，仰首回敬一句：“喊你妈个 × 喊。”楼层更加躁动，女孩子哈哈大笑，男孩子集体起哄，这下该毛毛露怯，他涨红脸蛋，呆傻僵硬，不知如何收场。

毛毛活该挨骂，他这两嗓子让王雅莉出了大名，也让王雅莉最好的闺蜜心碎了一地。整个文科班都知道程墨暗恋毛毛，毛毛却当众向别人扔了纸飞机，程墨只好申调宿舍，再没勇气见王雅莉。

高考结束，姐姐失利，分数只过了当地的邢台学院。程墨留下复读，铁了心要报考和毛毛一样的大学。姐姐另一名闺蜜葛青考取北大名声大噪，四年后又委身党校一飞冲天。

几年后，程墨给姐姐写了一封很长的邮件，内容不详。又过了几年，程墨和毛毛在石家庄离婚，她不得不托人起诉并独自办理了手续，因为老公和她的一个女学生跑了。姐姐对我说：“程墨挺可怜的，她付出了那么多，毛毛却从来没有爱过她。”

我回老家帮老乡盖新房，工地上邂逅传说中的“志颖”。可叹“志颖”，怎么会有这般沧桑，再不是年轻的模样。他拖动二百斤的身体走来，望着我，想说什么，却又不知从何说起，只递了根烟了事。“志颖”接爸爸大喜的班开了班车，班花妻子在村里小学做了民办教师，一家人过着微不足道的乡下小日子。世间太多的故事，其实都没有胜者。

[03]

葛青曾对我说："除了钱，没东西能难倒你姐姐，这女人性格太硬了。"

可她偏偏是个穷人家的姑娘，钱是她的心病，钱是她的梦魇，她如愿以偿上了高校却逃不开人生的头号大敌。那是家里最困难的时期，弟弟也上了高中，家里却只有一个人工作。为了不让弟弟借钱读书，她将全部课外时间用在兼职上，家教，刷盘，发传单，即便这样，她的名字依旧和其他贫困生一起出现在学校的催款栏中。她不敢看那块板子，她是邢台学院有史以来唯一一个欠着学费和贷款利息的校学生会主席。

她变得外向，作风干练，言语刻薄，骑着一辆二手自行车风尘仆仆地奔波在城市的各个角落，只要人家脸不是太臭不拖欠工资，她就帮人家干。她舍不得去食堂吃饭，写了个简易营养食谱钉在床头，她自己动手剪头发，并将同宿舍所有女生的发型剪乱。她信奉一个古老的教条："人怕做事，事怕人做。"也许是经历过太多的人情冷漠，她笃信自我的力量，不再轻易苛求别人的施舍。做完家教，对方家长称孩子的爸爸是市人事局局长，毕业想进哪所学校教书可以帮忙，她告诉人家毕业后只考国家公务员。

站牌下，她帮我背好包，拍拍我裤子上的尘土说："记着小子，咱这样的家庭，上个学不容易，好好学，什么都是假的，只有学到的东西才是真的。”

大学恋爱公开化，她没有心思，也没有时间，学生会的学弟暗恋她，不敢表白，似乎任何心智孱弱的男生在她面前都会失去胆量。表姐婚礼，表姐夫的肉嘟嘟发小对她一见钟情，她婉拒，“肉嘟嘟”不甘心，每隔半月必回邢台探家，探家必呼姐姐。校门口，姐姐说：“你来干啥？”“肉嘟嘟”说：“没事，回家，顺道看看你呗。”姐姐说：“回家吧。”“肉嘟嘟”说：“嗯。”如此数年，孜孜不倦。

我问王雅莉，为什么选择“肉嘟嘟”，王雅莉讲了个故事。话说这“肉嘟嘟”也算个“官二代”，父母均吃皇粮，他中专毕业，找不到工作，又不想和其他机关子弟一样落得个啃老名声，一怒之下与我表姐夫去京城做保安，月薪一千，管吃管住管制服，干五年，携五万现金归来。“肉嘟嘟”的妈又疼又气，当场就把儿子给打了。

“肉嘟嘟”赢了，他以不可思议的执着和令人发指的节俭打动了王雅莉，王雅莉说服母亲，一分彩礼钱没要，风风光光嫁给了他。但大多数人眼里，王雅莉的出嫁充满了投机色彩，她考上了“肉嘟嘟”父母所在单位的公务员，尽管她在一百多个竞争者中笔试第一名，面试部分仍由公婆出面吃饭送礼。

毕业合影那天，校门口来了个人，姐姐和表姐一同出去迎接。毛毛对姐姐说他要和程墨结婚了，希望姐姐周末参加他们在老家的婚礼，姐姐说周末就要大考肯定去不了。毛毛在远处突然把车停下，站出来，关掉车门，对着天空扯着嗓子喊了一声："王雅莉！"然后头也不回地钻进车走了。表姐说："这男的谁啊，怎么这么逗啊。"姐姐抹了把脸笑着说："一个傻小子。"

[04]

参加工作后的姐姐接了母亲的班，掌握起全家的财政。每到年底，她做好几页的家庭财务报表给我，我一次也没看过，她收起来说："你不爱看没啥，但我必须得做。"她继承了母亲当年的勤奋和省俭，却远比当年的母亲强硬和专制，她严格控制全家人的支出，于是姐夫谢绝大部分聚餐，父亲在电话中对我哭诉没有麻将钱，妮妮在门上篆刻"妈妈不爱我她不知道我好爱她"。两个家庭，八口人，几乎都要看她的脸色行事。

她一身警服气场强大地迈过故乡的老街，接受每个巷口每位长辈的问候和赞许。乡亲们来串门的越来越多，母亲骄傲地向乡亲们炫耀这是女儿给买的那是女儿给买的什么都是女儿给买的。父亲喝酒后被人打，她带领派出所一帮干警冲到对方家里闹，直到对方赔礼道歉。家乡的人去监狱探监找她通融，她将人家送的购物卡硬生生退回，她在故乡人面前始终保持一种胜利者的姿态。

2007年，我大学毕业私自进京谋生，她旗帜鲜明地站在父辈一边与我开战，她逼我回家工作，逼我回迁户口，逼我相亲，逼我买盐，我急了，说：“买个屁盐！你大小也算个国家干部，承蒙党和人民教育多年，就这点觉悟。”她噗地乐了，乐完继续板个脸说：“少废话啊，人家都买你凭什么不买？”

2012年，这个女人突然温和了许多，也许是多年的操劳，榨干了她最后一丝脂肪和跋扈。她偶尔会在跟我吵架失败后略带伤感地说：“你看我是不是有点老了，妮妮最近老笑话我爱忘事儿，我头上也有了白头发了，是不是更年期要来了。”我说：“别别，您才三十四，更年期早着呢。”她说：“你他妈的到底啥时候才能结婚！”

妮妮八岁，全家人在院子里聚餐。父亲说前些天遇到大喜了，大喜晚景凄凉，老两口不招儿媳妇待见，被赶到老院生活，老院年久失修窗破屋漏却无人帮衬修补。我顺便问起妮妮的妈：“如果当年你和班花那场架打赢了，会是怎样？”她说：“那时候小孩子一个，懂个屁。”

王雅莉照旧带着女儿送我去火车站，照旧边开车边唠叨说：“是，咱家那时候是穷，是受过不少欺负，但这么多年过去了，你不能总像个孩子似的看不起老家人。你不回来工作，没关系，但我告诉你，外面的朋友再多，毕竟心上跟你隔着一层；老家的人再不好，毕竟和你水土一脉世代同处，那种埋在心底的情分是你在外面找不到的。”

回京后，我做了一个梦，梦见姐姐离婚了，她的公公婆婆丈夫女儿都抛弃了她，连工作都丢了，她重新变回当年那个无路可走的穷姑娘。我把她接到北京，帮她找工作，帮她物色男伴，她不想工作，对男人也死了心，我就养她一辈子，守她一辈子，直到她比我先老去，直到她比我先糊涂。我坐在床边给她喂饭，她撑开皱纹边吃饭边瞪眼瞧着眼前这个老头子，瞪半天，认出我是谁，然后望着窗外说：“蛋，下雨了，咱娘怎么还没回来？”醒来后，我哭得一塌糊涂。

我给王雅莉打电话说：“刚才你在梦里可惨了。”王雅莉说：“我过得好着呢，乱梦个屁，我说你他妈的到底啥时候才能结婚！”

2013年9月9日完稿，收录于“ONE”，此文被豆瓣网重点推荐，反响巨大。

永花和小楼

王门楼对我说，他小时候最讨厌的就是食堂，不到点不开饭，吃个半饱，桶底就干了。他和他弟弟门栓一顿能吃八个窝头，生产队队长老埋怨这个，爹娘骂哥俩儿，骂在嘴里疼在心里，哥俩儿好委屈，社会主义大食堂，又没规定吃多少。

王门楼带着脏娃们去村头河里找食儿，河里大鱼不多，王门楼不喜欢抓鱼，他说这条河淹死过秀才的老婆，那个女人是大着肚子跳的河，河里的鱼都是她孩子变的，它们长得像娃娃，会在打雷天突然蹦出水面，甩动胡须，吱吱地响。王门楼教大家捞虾，用泥巴堆出一条小坝，等水位下降后，光着脚踩进泥里，很多虾米在泥里蹦，还有泥鳅和螃蟹，洗净，放进铁锅，撒上盐煮。当然这些事情只能偷着做，大人们反对孩子进河找食儿，他们说："捞鱼摸虾，饿死全家。"

喝完虾汤，王门楼和脏娃们摸着肚子回到村子，生产队队长家的二小子捧着一大碗鸡蛋面坐在石墩子上吃，脏娃们围住他，二小子大喊："俺爹出来了！"脏娃们赶紧跑了。

三里外的河沿，张永花和大姐割草，大姐停下镰刀放低身子，河堤上走来两个大人，各自挑着扁担，嘴里骂着干部。张永花那年十岁，吓得浑身哆嗦，大姐死死摁着她，等大人走远。大姐说：“跑！”张永花起身，插上镰刀，跑了，苇子在艳阳下飘舞，时而青绿，时而金黄，淹没着姑娘的身躯，像一场可怕的梦。张永花哭起来，喊：“大姐大姐，草掉了。”大姐瞪着眼说：“死丫头片子，你不要命啦！”张永花不敢吭了，继续哭着鼻子跑。

后来，张瘸子家的女儿们去外村割草，也不再有人告发，生产队只是不允许割自己村的野草。那年头，割草的女孩子真多啊，湖村家家院子里都有草山和铡刀，切成草料，卖给十里外的农场，贴补家用。

张永花摔进河里，草筐子在河塘里滑行。王门楼喊：“湖村的人掉河啦！湖村的人掉河啦！”张永花奋力往岸上走，嘴里喊：“大姐！大姐！”王门楼和脏娃们跑到河边，发现河里是个女孩子，大笑，王门楼喊：“给她看把儿！给她看把儿！”呼啦啦一堆裤子脱下来，冲着张永花摇晃，张永花又羞又恼，捂脸不敢上岸。大姐喊：“小花！小花！”王门楼穿起裤子说：“走，走。”脏娃们提裤子跑，大姐冲过来抓起泥块扔过去喊：“狗日的坏小子！狗日的坏小子！”

二更天，张瘸子关上窗，点上油灯，穿过院子，叫醒偏房的孩子们。孩子们照旧精神起来，飞快地穿上衣服鞋子，排队跟着张瘸子走到正房。大儿子挪开水缸，掀开地窖板子，地窖里有麦子，是张瘸子和儿子们从自留地里一粒一粒种出来的，每到月初和十五，全家人窝在下面煮麦片粥喝。四女儿说：“爹，我刚才看见下面一袋麦子发芽了。”张瘸子说：“地窖潮，赶明儿没人的时候我拿到场上晒晒，磨了跟高粱面和一起还能做杂面饼子吃。”

喝完虾汤，王门楼摸着肚子和脏娃们坐在娘娘庙后面乘凉，对面沙坑里传出厮打声和哭骂声，一个脏娃跑过来说：“小楼，快去，二小子打你家门栓呢。”王门楼起身跑进坑，门栓被打得鼻涕一把泪一把，王门楼气炸了肺，大喝一声：“啊啊啊啊！”飞脚将二小子踢翻，接着骑上去捶打，二小子鼻涕一把泪一把，王门楼想起六月初五的鸡蛋面，拳头越来越狠。脏娃们说：“别打了别打了，没气儿了。”王门楼停手，二小子昏死在沙土上，门栓擦干眼泪说：“哥，你跑吧。”

王门楼一口气跑出几里地，躺在苇子丛中喘气，张永花背着筐站在他前面说：“你上俺村捞鱼来啦？”王门楼说：“我刚才打死人了。”张永花赶紧跑了。

张永花抱着小妹妹坐在街门边，二哥红着眼睛撇着嘴推车走过来，张永花拍着睡着的妹妹说：“哥你回来啦？煤呢？”二哥不吭声进家门。张瘸子站在院里大骂：“兔崽子，叫你拿麻去换煤，煤呢？你是不是把麻掉大沙河啦？还是把麻换成钱花了？说，不说今儿打死你兔崽子！”全家人都出来了，乱了套，二哥捂着脸哭着说：“煤就放在后座上，没捆结实，掉下来，让赵村的人捡走了，他们好几个人，跑得快，我没追上。”

张瘸子叫齐全族老少，在公社书记带领下，提着一面大锣浩浩荡荡走进赵村。张瘸子敲着锣喊：“赵村的社员们都出来，都出来，你们谁拿了我们家的煤我知道，你们交出来，咱还是爷们儿，不交出来，我就告到乡里去，告到县里去，告你们搞破坏，告你们没饭吃。”公社书记接茬儿喊：“赵村的书记出来，给大伙儿个交代，赵村的书记出来，给大伙儿个交代。”赵村的人只要不是书记的都出来了，站在街旁一语不发，张瘸子继续敲锣喊叫。王门楼站在远处看热闹，看够了，挤过人群，走到张永花后面，用手捅她说：“割草的，割草的。”张永花白他一眼说：“滚。”王门楼说：“我知道谁拾的你们家煤。”张永花说：“滚。”

王门楼看着张永花，说：“割草的，说会儿话呗。”张永花边割草边说：“有啥说的。”王门楼说：“你割俺们村的草，我就不能和你说个话呀？”张永花说：“那咋了？你们村人懒，不割，还不让俺割？”王门楼说：“你除了割草还干啥？”张永花说：“多着嘞，你以为像你啊，你除了捞鱼还会干个啥？你们赵村的人就是懒。”

日头越来越毒，夏蝉成片成片地叫，张永花用脚踩了踩筐子，坐下来休息。王门楼从口袋里摸出糖，说：“给你吃吧，糖。”张永花说：“哪儿弄的？”王门楼说：“在供销社偷的。”张永花把糖放嘴里含了一会儿，说：“你吃晌午饭了吗？”王门楼说：“没吃。”张永花拿出杂面饼说：“你吃不吃？”王门楼哪里见过杂面饼，两眼放光说：“吃。”张永花说：“你去河里给我抓个鱼，就给你吃。”王门楼脱掉裤子褂子走进河里，摸半天，说：“鱼这会儿都睡觉呢，咱们捞虾米中不？”张永花背好筐，抓起河边的裤子褂子扔到树上，伸着脑袋喊：“捞你娘的把儿吧！”插上镰刀，跑了。王门楼从河里走出来，蹭破皮肉上树取下衣服，哭着鼻子喊：“狗日的湖村！狗日的湖村！”

地震来了，天上卷着黑风，地下响着闷雷，河水打着滚儿往上冒，油灯盏和自行车摔在地上，食堂里的刀叮当乱响，带着裂缝的墙也终于裂开，砸中了生产队队长家的二小子，他这次是真的死了。

王门楼十七岁，一口气跑出几里地，站在河堤上喊：“张小花！张小花！”张永花从苇子地里跑出来，噘着嘴说：“咋了？瞎喊叫啥呀瞎喊叫！”王门楼说：“我要去城里当工人了，村里就三个指标，俺家是烈属，所以我就选上了。”张永花说：“那有啥呀，我过段日子也要去修水库，修好几年嘞，红色水库，成分不比你低。”王门楼说：“等你回来咱俩好吧。”张永花说：“再说吧，二姐喊我呢，我得走了。”王门楼说：“嗯，那你走吧。”张永花白他一眼，拍拍衣角，插上镰刀，跑了。苇子在艳阳下飘舞，时而青绿，时而金黄，淹没着姑娘的身躯，像一场温暖的梦。

——送给王门楼和张小花，也就是我的父亲母亲，祝老人家结婚三十五周年快乐。

2013年7月26日完稿，收录于群言出版社图书《所有的相见恨晚，都是恰逢其时》。

海的儿子

月亮升起来，天空出现一道蓝色，塞尔吉奥的母亲走出门，取下鱼干，望着海面，等待自己的儿子。

紫贝湾挑起火把，变得热闹，男人们讲着黄色笑话拴锚绳，女人们大声嚷嚷着翻弄渔物。塞尔吉奥走下船，拖起渔具默默朝家的方向走去，这样的日子他过了很多年。

塞尔吉奥二十岁，他的母亲唠叨着，自从十五年前老塞尔吉奥失踪后这个女人就变得唠叨，她总是嫌这嫌那，嫌塞尔吉奥不爱说话，嫌塞尔吉奥长得太慢。塞尔吉奥十七岁那年终于开始发育，每次出海回来都会长高，于是母亲有了新的期盼，她期盼儿子找到一个她一样健壮的女人来帮她打理家务顺便给家里添丁，可塞尔吉奥偏偏喜欢身材娇小的女人，母亲便唠叨他连个身材娇小的女人都找不到。

塞尔吉奥二十五岁，他带回一个身材娇小的姑娘，这个开朗的女孩子瞬间获得他母亲的好感，一家人有史以来吃完最快乐的一顿晚餐。姑娘当晚离去，没再回来，塞尔吉奥的母亲又开始唠叨，塞尔吉奥却不敢去找那个姑娘，因为她是船长的女儿，一年后，她嫁到了城里。

塞尔吉奥的母亲死了，没人知道她得的是什么病，她静静躺在床上，眼睛盯着屋顶，嘴巴微微张开，手里攥着一把干枯的海草。从此塞尔吉奥一个人生活，也渐渐忘记了鱼干的味道。

塞尔吉奥三十岁，他健谈起来，他无意间发现了自己的语言天赋，成了船上的开心果。塞尔吉奥将积攒的故事一一讲给伙伴们听，他说他小时候首次跟着叔叔出海，被风卷进一个港湾，那里郁郁葱葱，宁静温暖，沙滩上散落着绿色的海苔，礁石上爬满不穿衣服的女人。叔叔走过去和这些女人调情，远处树林里跑出矮个子男人，他们成群结队，手持长矛，胡子在阳光下闪耀，叔叔急忙抱起他逃往海上，然后被后面飞来的黑蜂蜇成了重伤。

塞尔吉奥三十五岁，他想竞选大副，可大家只是喜欢他的故事，并不信任他的能力，他只能眼睁睁看着比自己小五岁的奥斯丁站到了舵旁。奥斯丁不尊重年长的水手，对他们呼来喝去，他站在船头大声说："嘿，塞尔吉奥，给我讲个故事。"塞尔吉奥不喜欢他。

塞尔吉奥跟着奥斯丁进城，奥斯丁坐在马车上继续奚落他，塞尔吉奥不说话，眼睛死死盯着集市上的一个女人。女人瞄他一眼，挎起篮子走掉，塞尔吉奥跳下马去追，女人跑起来，篮子里的柳丁一个个掉落在地上，被几个路过的野孩子疯抢。

奥斯丁打了塞尔吉奥一个耳光，告诉他以后只能自己出海，船上不再有他的地方。塞尔吉奥哭起来，跪在地上求奥斯丁原谅他，奥斯丁不干，吩咐手下起锚，水手们忙着笑着，没有人为塞尔吉奥说话。

塞尔吉奥绝望了，他不得不卖掉房子，换来一条有舱的小船，每天独自出海。奇怪的是，他反而富裕起来，他猎到的鱼不多，但都壮硕饱满，有时他还会在这些大鱼的肚子里找到一些红色的宝石和女人的头发。城里的人从未见过这些东西，塞尔吉奥因此赚了很多钱，很快，他换了一艘大船。

塞尔吉奥四十岁，他坐在海边喃喃自语，他向天堂的母亲诉说着自己的见闻：老船长的女儿死掉了，没人知道她得的是什么病，她只有三十几岁，在一堆儿女的哭声中瞪着眼睛张着嘴巴死掉了。奥斯丁也死掉了，有一次他抓到一条大鱼，大鱼肚子里有奥斯丁的脑袋，旁边还有一大堆金币，他将那条鱼的尸体缝回原样扔进了海里。

月亮升起来，天空出现一道蓝色，紫贝湾的人们依旧在灯火中忙碌着，塞尔吉奥将船驶出港口，躺在舱板上睡觉。蒙眬中，他闻到海风和雨点的味道，警觉性地爬起来降帆，闪电划过船头，映出一位老人的脸庞，似乎是他的父亲，他跑过去，却被一股涌起的海水打翻。

塞尔吉奥的船不见了，他拖着无力的身躯走向那片沙滩，礁石上的女人们在阳光下呼唤他的名字，矮个子男人们捧着红色的宝石迎接他，他们对塞尔吉奥说：“你不再需要那些船了，就像你的父亲一样。”

塞尔吉奥四十五岁，他的个子越来越矮，胡子越来越长，他指着北方的霞云对伙伴们诉说着自己做的一个奇怪的梦，他梦见狂风和雷电托起数十米高的海水，冲刷了紫贝湾的每一个角落，那里所有的灯光都熄灭了，只剩下浪花跟随着大地的颤抖尽情地歌唱。

2013 年 9 月 10 日完稿，首次尝试黑色童话。

半袋洋钱

[01]

听过世的叔叔说，我的奶奶出自大户人家，是五里外刘太公的女儿。太公三代经营，攒良田百亩深井数口洋钱十袋，全家住在高高的红阁楼上。旧社会的乡下富人，大多为富不仁，太公与族人名声不佳，为震慑同乡百姓，他们定期向官员行贿向土匪施财。后来，八路来了，八路是为穷人撑腰的，他们打跑土匪分发田地，太公家的长工们纷纷倒戈。众矢之下，太公服软，决定接受新的政策，此举招致他唯一的儿子也就是我舅老爷的不满，舅老爷抄起马枪对太公说道："你就老老实实坐在家里等着八路给你封大官吧！"

舅老爷单枪匹马杀向村头村委会，不消三个回合弃枪逃跑。八路追至门口，舅老爷关门不及，隔着门缝被流弹击中，一声不吭栽倒在石阶上。

绝后的太公万念俱灰，交出田产，变卖阁楼，抱着几袋子洋钱远赴县城肆意挥霍，半年后重病加身奄奄一息。临终前，他将剩下的半袋子洋钱交给自己的女儿，并托人找来一个媒婆安排后事。

奶奶跪在铺草前哭着喊了一声“爹”，太公的眼睛却没再睁开，一个家，就这样没了。

奶奶嫁人后，日子过得不好。郭姓丈夫虽是富农，早年却受过地主不少气，他指责奶奶暗藏金库养尊处优，发动整个家族挤对她折磨她，拿她当丫头使唤。奶奶不从，大闹庭院，被一纸休书赶出家门。作为没有娘家人的小可怜儿，她不得不再次找到那个媒婆，将自己转嫁给村东老王家的大儿子，也就是我的爷爷。

北方有个俚语，叫“穷横”，意思是穷到底的人往往蛮横，因为穷得只剩下条命了。老王家不知道穷了几辈子，早已穷断衷肠，加上世代习武男丁兴旺，逐渐成为当地仅次于土匪的横茬子。王老太爷有四个儿子：大爷游手好闲不务正业，被称作“红头光棍”；二爷精通医术，是个黑面郎中；三爷臂力惊人，切草为生；四爷天生呆滞，是个半傻子。

大爷成家那年，镇上的八路撤回西山，日本人卷土重来。日本军队路过村外，汉奸带两个军官进村视察。奶奶绾着头发站在磨盘前筛枣面，戴眼镜的军官走过来，捏起枣面尝一口，叽里呱啦冲汉奸乱说一通。汉奸问奶奶：“你这些多少钱？”奶奶颤巍巍地说：“不……不要钱。”汉奸笑了笑，放了枚大钱在磨盘上，眼镜军官端走笸子。

日本人在十里外的东县与八路开战，枪声炮声昼夜不停。胆大的村民站在河堤上欣赏烟火，更胆大的几个前去拾货，他们在鬼火与死尸下摸出十几条枪外加一箩筐手榴弹，回乡后自发成立了保乡团。保乡团只负责做两件事：一、抵抗来犯的土匪，二、帮助县里维持方圆十里内的治安。

有了政府的饷银，保乡团私下开始扩招，三清庙墙壁上贴出红纸告示：农闲时愿加入乡团者，每月可获粮两斗。无所事事的大爷带着四爷前去应征，大爷被选上，四爷被退回。保乡团王团长上门征召三爷，三爷闭门不见。

[02]

故乡位于三县交界，离县城有四十里远，那时日本人疲于与八路周旋，下属地方官员根本无暇管理偏远地区，保乡团势利日盛，成为名副其实的土皇帝。接着，他们对县里分发的饷银不满，偷偷干些打家劫舍的营生，他们干脆离开村子遁入荒野外的苇地沼泽，每逢大集便去绑架十里外的富人。大爷已有家室，不便再做刀头生意，在老太爷要求下退出乡团回家务农，保乡团王团长收了大爷的枪支，赠予他两袋高粱面。

一般来说，平原地区的土匪大多信奉一个古老的教条：“不吃窝边草”。保乡团副团长是个彻头彻尾的粗人，根本不吃这一套，仗着自己在团里的威望越来越高，常常在农闲时节到附近村里行恶，他肆意捉弄路过的老人家，或者把某个瞧上眼的小媳妇带回去淫乐。

老王家四爷大婚，娶的是路过寄宿的人贩子留下的姑娘，副团长带着手下大摇大摆前来参加婚礼。吃完喝完，副团长当着众人的面把盒子枪“啪”的一声按到桌面上，抖着胡须说：“今儿的洞房归我了，一会儿谁都不许进来！”他携枪进屋，手下护住门口，满院亲属无人敢动。

大年初一，老太爷托人给副团长带话，杀猪宰鸡款待对方，以求他日后不再骚扰老四的媳妇。副团长带着两个手下赴约，抱病在身的老太爷出门迎接，吩咐全家人伺候副团长入席。副团长威风八面，当场答应不再纠缠老四的媳妇，并许诺以乡团之力罩着王家。

当晚，二爷在副团长酒里下了黑药，他浑然不觉。饭毕出门，大爷前去相送，陪行至三清庙口，副团长与手下迎风骨软扶墙欲歇，大爷摇晃火把，二爷和三爷从半里外奔来。大爷二爷手持榆棍敲击副团长三人膝盖，对方惨叫倒地，三爷抡起铡刀片子砍向副团长脖颈。事后，兄弟三人于河床处毁尸灭迹。

奶奶翻箱倒柜，取出半袋子洋钱交给二爷，他是家里唯一识字的男人，只有他才能去县城里报官和行贿。大爷三爷另外收拾好一副扁担两袋粮食，二爷望了望蹲在炉台边哭鼻子的老四，挑起扁担启程。

新年的第二个日头升起，保乡团王团长带领众人走进王家老宅。王家人个个平静缓步踱出，媳妇们搀着老太爷在院子里坐下，王团长问："老二呢？"老太爷说："去县城了，过两天就能回来。"王团长说："叫老大去把他追回来吧，我来就是告诉你们，没事了，副团长吃窝边草，他该死，就算你们不弄死他，早晚也会有人弄死他，咱们都姓王，又乡里乡亲的，这点事没必要报官。"

王团长带人离去，他信守承诺，不再追问此事。二爷从县城回来，一脸丧气，衙门里的人收下扁担和洋钱，却没人理会这桩案子，他在门房处蹲守三天，只拿到一张良民证和师爷留下的半包烟。老太爷躺在病床上，告诫自己四个儿子不要张扬生事，王团长之所以没有追究副团长之事，并不是什么同乡之谊，而是因为死去的二老太爷的两个儿子在外面当兵，没人知道这对兄弟究竟当的是什么兵，保乡团不害怕当官的不害怕日本人却不可能不害怕八路，大家都见识过八路，八路只讲主义不讲情面。

天气转暖，老太爷归天，他死于肝病，临死前，他用尽最后一口气挥出拳头击碎附近的墙壁，以示他对这个混账世道的不满。

老太爷死后不久，四爷的媳妇跑了，这女人收拾行李离开王家，自此音信全无。四爷彻底变成傻子，坐在街边喃喃自语，手持一根树枝在地上乱画，他脱光衣服走进苇地深处的池塘，半日后浮出水面。

[03]

三爷成家那年，保乡团跟日本人干上，这帮家伙贿赂城头的宪兵，扮成八路劫走了当地农民向各处炮楼运送的物资。日本人查明真相后大怒，一面撤回派出去的分队，一面责令当地官员迅速剿匪。一时间，民众骚动起来，化装成流民的汉奸四处奔走，悬赏告示贴满十乡九镇。

深夜，村外再次传来枪声。黎明时分，半身是血的王团长带着一个十几岁的小属下翻进王家老宅。大爷唤出二爷和三爷，将王团长围住。王团长朝大爷扔出一把洋钱，用盒子枪指着他说："老大，咱们都是乡亲，也在一块儿混过，别给我干那狗熊的事儿，那时候你们杀副团长我没追究，这回你们得报恩，你藏我半个月，风头过去了，这些钱全是你们家的。"三爷说："我们家老四是不是你们弄死的？他死的时候身上有伤。"王团长说："老三你少他妈给我来这一套，信不信我一枪崩了你！"大爷推开三爷说："现在日本人就在街上，你叫我怎么藏你？"王团长吐出一口血唾沫："去他妈逼的日本人！你别忘了你们家有人在外面当八路，我一嗓子喊出去你们全家都没命。还有，这次是你老婆以前的男人去县里报的我，他妈的还在苇子地里给汉奸带路，老子看见日本人没咋地，头一个先崩了这混蛋，你难道想跟他一样吗！"他接着对后面站着的奶奶说："嫂子，我把你原来在郭家的男人杀了，给你报了仇。”

次日，宪兵冲进王家老宅，从地窖被窝里拖出半迷糊的王团长。奶奶指着柴火垛说：“这里面还有个小的，我们家男人杀过他们副团长，他们和我们有仇，现在拿着枪逼着我们藏他们。”

宪兵将棉花塞进王团长和他属下嘴里，五花大绑推出巷口。大街上上百人站在两旁围观，宪兵队长将王团长按倒，吩咐身后的人用刺刀一刀刀捅杀，然后用青布裹尸搬上马车挥鞭离去。

宪兵一共给了奶奶十五块大洋，算上王团长之前给的二十块，老王家又有了半袋子洋钱，只是这半袋子钱从来没敢花过，出于心虚，奶奶将它们放进竹篮挂于梁头，之后每逢月圆之夜，那半袋子钱便在梁头哗哗作响。解放前夕，奶奶将它们带到县城送给南逃的财主，换取四轴布匹与半马车细粮。

我们家和日本人的“缘分”并未随着半袋子洋钱的出现而终结。1945 年春，拥有良民证的二爷跟随其他地区的壮丁前去县城给日本人修筑兵营，其间一个同乡因不服日方监工斥骂，挥铲斩断对方四根手指后逃逸。二爷和其他人受到连坐惩罚，傍晚时分逃出兵营，日本人追到大沙河畔，突遇黑风骤雨，只得停下脚步。

这段经历被后来返乡的人传得神乎其神，他们都说大沙河飞出黑蛟挡住了日本人的子弹，旧时代人认为“雨中飞蛟”是吉祥的征兆，所以日本人很快投降了。

八路下山，干净利落打败了新冒出来的国民党军队，之后再没离开过。三年后，城里来人接走大爷与奶奶，向他们出示二老太爷两个儿子留下的简单的遗物，大家这才发现原来家里真出了八路，可他们死了，死在了淮南。自此，我们家成了村里为数不多的烈属家庭，二十年后，因为这个光荣的名分，大爷的大儿子、小儿子顺利考学和参军，二儿子也就是我的父亲被选进城做了国营矿厂的工人。

[04]

大爷只活了六十几岁，因肺病去世。他死时正值儿子们离家在外，当年保乡团副团长的儿子带着几个年轻人轮番批斗他，大儿媳与奶奶关系恶化终日吵骂。内忧外患下，大爷孤零零一人喝完药汤躺在炕头，他用尽最后一丝力气抓碎了睾丸，以示他对人伦的愤怒。

二爷没有子嗣，二奶奶死得很早，他没有续娶，下半生一直由我们家照顾。他终生未染大疾，活了八十四岁，出殡那天，父亲执孝子礼为其摔盆，我执孝孙礼为其举幡。

三爷也没有子嗣，与三奶奶一起由叔叔家照顾。三奶奶死后，叔叔将王家老宅卖予他人，三爷因此郁郁寡欢，每日里捧着三奶奶照片对着老宅发呆，最后用一根绳子吊死在老宅门前。十几年后，叔叔患癌去世，他的遗嘱是将自己埋在祖坟的西北处，也就是三爷的身边。

奶奶活了八十一岁，是家里最后一个逝去的老人，她当年原配的郭家与我们王家的子孙们一起为她举办了盛大的葬礼。

2014 年 10 月 23 日完稿。

第二部分

我 28 岁了，我想得到钱，我在这个时代不例外，我只有拿钱才能留住一个不需要感情的女人，只有拿钱才能开始所谓的主流的美好的生活。我无根无底，谁也靠不上，我得把自己豁出去，我得迎着风向前走，我得像三年前在地铁传媒大学站奔涌向前的人群那样在这个本不属于我的地方挤出一块自己的领地。我成了，会开心，不成，也没什么，人生还有其他的东西，不是吗？

文艺年华

[01]

十八岁那年，我在故乡工业区旁的一所县级三中读书，县级三中，自是针对一中二中而言，其师资力量、教学环境、学生素质都远逊于一中二中，只有中考落榜生或家里穷得实在读不起一中二中的学生才屈就于三中。

这个地方成为我的梦魇。满心算计的班主任、凶神恶煞的教导处、脏乱潮湿的男生宿舍、难以下咽的食堂饭菜、你能想象到的所有糟糕的事情都发生在这里，就连教书的先生也有相同感受，他们一个个托关系离开这所学校，继而在各类媒体上批评这所学校冰冻了孩子们的青春。

学校锅炉房旁，有一堆煤渣，煤渣紧扣残缺的砖墙，翻过去，只需一份胆量，或一份绝望。男孩子将女孩子高高举起，女孩子扯过男孩子肩头的书包，相互对望鼓励，挽手跳下。墙外，是10元一通宵的网吧，是免费踩踏的绿原，是3元一碗香喷喷的打卤面，对于我们来说，这就算摸得着的幸福。有时候，我会壮起胆子骑在墙头吹风，风里带出锅炉房的湿气，透过湿气，远处的教学楼像积木一样渺小，我不再恨它们，因为一半的我已经自由。

这段浪漫兼悲壮的经历成为我一生的写照，我一生都在逃离，很少抗争，只是逃离，逃离那些禁锢我的东西。

十八岁，我成为一名文艺青年。

[02]

同多数人一样，我的文青之路始于摇滚乐。县三中只有一所便利店，便利店老板早年是位美术老师，他的青春正赶上中国摇滚的辉煌年代，崔健、黑豹、唐朝、窦唯、张楚，他不厌其烦地向我们介绍着这些，最后，柜台里的盗版卡带被一购而空。

摇滚乐打通任督二脉，地摊文学与地下诗歌接踵而至。在我们读书的那个年代，摇滚乐迷屈指可数，自由主义者更是凤毛麟角，即使到了大学，整个系能认出 David Bowie（大卫·鲍伊）和 Kurt Cobain（科特·柯本）的学生也不过三五个，三五个，沦为大众眼中的怪胎。

每个时代每个群体都会有怪胎，文艺型的怪胎，至少不会对社会造成什么危害，我至今仍这样认为。

美国有位黑色幽默作家，叫 Kurt Vonnegut（库尔特·冯内古特），他对艺术有着十分正经的描述：

“如果你真想伤害你的父母，但天生又当不了同性恋，你至少还有个办法：投奔艺术。艺术不是养家糊口之道，只是一种让生命变得更可以承受的非常人道的方式。上帝啊，玩艺术的，不管玩得好或是烂，都能让你的灵魂成长。”

美国有位摇滚歌星，叫 Marilyn Manson（玛丽莲·曼森），这家伙也很少正经过，对艺术的表述更为激烈：

“为避免自己彻底疯掉，我在成为音乐人和杀人犯之间做出了一个选择，如果你和我的处境一样，你也要选择了。”

我们迷恋一样东西，自然渴望被这样东西救赎。一个人在社会中始终处于底层，物质、人伦始终困顿，精神抚慰便变得愈发地重要，所以，艺术是文艺青年美化生活的利器，这是个彻头彻尾唯心的东西，却能让一部分人在生活面前保留一份唯心式的尊严。

唯心式的尊严，有着直白的出处。

二十五岁时，我问一位正在读研的摇滚学长：“为什么总有人喜欢上这种吵吵闹闹愤世嫉俗的音乐，并就此远离主流娱乐？”学长道：“都是童年惹的祸，你去问问童年幸福的那些人，谁会听这个？”二十七岁时，我问北上打拼的拨片，拨片持相同回答。三十二岁时，我问身边的朋友，朋友持相同回答。

将自己的德行归咎于童年，全天下的摇滚青年都这么干。童年幸福的人，受到这个圈子的歧视，摇滚青年叫嚣着：没经历过真正的黑暗，就不具备真正的反叛；未沐浴战火的士兵，成不了合格的将军。

摇滚乐迷的狭隘莫过于此，文艺青年的狭隘莫过于此。

[03]

文艺青年的价值取向与童年经历到底存不存在因果关系？我给不出学术性的答案，事实上讨论这个话题有招骂的危险。一代名导冯小刚很会聊天，一代文豪王朔对其赞誉有加："冯小刚是眼风极佳，见人说人话，见鬼说鬼话，夸起人来十分舍得自己，他的逻辑是：我就是把人夸过了他也不能跟我急。夸的时候就把什么事都办了。"

我没打算夸人，所以我更得先把自己给舍出去。

我的童年，是从四岁开始的，那是我开始有影像记忆的年纪。四岁的我穿着姐姐的橙色连衣裙在巷子里迎着风奔跑，像只快乐的小麻雀，我捧着姐姐的课本装腔作势咿咿呀呀地朗读，拿偷来的粉笔在水泥墙上乱画，邻居说他们从没见过这么聪明的孩子。

可我是个男孩子，是个穷人家的男孩子。那时候，穷不一定意味着苦，大家都穷，只是穷也有着"平静""痛楚"之别。父亲在遥远的矿厂上班，终年不归，不给家里寄一文钱，我与姐姐、母亲最惨的时候整整三月没沾过油腥，每日只靠馒头咸菜充饥。五月的一天，母亲顶不住了，将家里仅剩的馒头、大葱以及皱巴巴的零钱放进笸子，交给女儿，要她带着弟弟去姨妈家生活。

我和姐姐被赶至门外，母亲合上门闩。姐姐端着笸子一边拍门一边哭喊，我跟着她一起哭喊，哭喊声招来邻居，大伙儿合力挪开门，母亲从椅子上跌落下来，她双眼紧闭，手里攥着根打了结的绳子。

这不是我最揪心的一段记忆，和后面的事情比起来，它微不足道。1991年，父亲工作调动，迁至家乡附近的国营工厂，漫长的噩梦自此拉开序幕。每次放学，发现父亲没有回来，我便开始害怕，他又去喝酒了，他会在深夜归来，带着一身的酒气，带着还不完的赌债。母亲是个急脾气，见到父亲，破口大骂，这实属不智，父亲怒火燃起，打人，摔东西。他不许我们哭，他指着我和姐姐吼道："住声！"

等待父亲归来的时间，我会趴在桌上用颤抖的小手写作业，钟表在一旁嘀嘀嗒嗒作响，仿佛暴风雨前的宁静，低沉、恐怖、狰狞。这种日子，我过了十年，十年里，我每天都在祈祷，祈祷一家人能够平静度过五天。

父亲偶尔清醒，买很多好吃的东西回家，顺便帮母亲做农活儿。他坐在瓜架下对母亲说："我找人算过了，咱们这个儿子成不了人，人家说他十六岁前会被吓傻。"

我长到十六岁，没被吓傻，立下生平第一个愿望：将来不管怎么样，都要离开故乡，离开这个家，远远地，再不回来。

[04]

对于童年，我最大的一个无奈是：我曾经那么怨恨，那么怨恨，怨恨随着时代变迁统统飘零，有些人走了，有些人老了，有些人死了，就连故乡也变得面目全非，我的恨也落伍了。但我依旧在害怕月光，害怕雨夜，害怕包括鞭炮声在内的一切巨大的声响，它们随时随地触动着我那颗曾经破碎的心。

青春期，我迷上了摇滚乐，迷上了文学，迷上了各种艺术，饱受人性蹂躏后重新站到生活的正面。我一直觉得，只有艺术肯这么廉价地抚慰我们这些残缺的灵魂，有了它，我们便有了理由去继续相信那些所谓的“真诚”“善良”“美好”。

同样应该感谢艺术的，还有拨片这样的人。拨片是湖南姑娘，她的父亲搞外遇，母亲被迫选择离婚。当时拨片的弟弟还在吃奶，法院将弟弟判给了母亲，母亲抱着弟弟离去，自此再没嫁人。拨片跟随父亲与后妈居住，在谎言与诋毁中长大，直到大学毕业才从别人口中得知父母离婚的真相。她勃然大怒，只身前去母亲老家过年，时隔二十多年，母女重逢。

“你知道我最难受的一件事情是什么吗？就是我妈离开我们家的时候。那时我四岁，趴在我爸肩头上，我妈拎着行李抱着我弟站在楼道里呆呆望着我，她想多看一眼自己的女儿，可我不懂事，挥手对她说了句‘拜拜’。”

拨片是个善良的姑娘，她为父亲的病筹钱，为后妈买礼物，为同父异母的弟弟找工作，同时她也是哥特乐队的主唱、一名要强的音乐杂志编辑。她三十多岁了，未婚，不是没有追求者，只是特殊经历让她对婚姻变得不那么信任。她爱她的家人，但缺乏勇气面对，她爱她的家，却真的不想再回到那个地方。

一般说来，童年经历糟糕的孩子长大后，性格上会有一点偏执，比其他人更容易变得挑剔或无情，我和拨片，乃至身边所有文艺属性的朋友莫不如此。出身不同，你或许理解不了这些话，就像我们每个人不会轻易理解他人的想法。我有个女性朋友，离异家庭出身，少时跟随父亲，成年后进京与母亲生活。母女不睦，母亲指责她不孝，她指责母亲昔日无情，母亲拉她上北京电视台的调解节目。在主持人的催逼下，姑娘硬着头皮与母亲相拥，归来后一切如故。我劝她说：“毕竟是亲妈，何必呢？”话一出口我就后悔了，我和那些主持人一样，没资格讲这种话。

你不是我，怎知我痛？痛过，才有资格去选择包容。

爱尔兰有位著名的光头女歌手，叫 Sinead O’Connor（西民德·奥康纳），O’Connor 有着痛楚的童年：八岁时父母离异，母亲常常虐待她，后母亲死于车祸，O'Connor被所在的天主教学校开除，接着又因为入店行窃被送进感化院。

1992年10月2日，O'Connor在综艺节目《周六现场》演唱了Bob Marley（鲍勃·马利）的反战名曲*War*，之后对着摄像机镜头撕碎罗马教皇约翰保罗二世的照片，以示对那一时期传出的"牧师虐待儿童丑闻"的不满。此举激怒全天下的天主教徒，两周后，在"纪念Bob Dylan从艺30周年演唱会"上，O'Connor登台，遭遇现场上万名观众狂嘘。观众嘘声到了无法控制的地步，O'Connor示意同伴停止乐器演奏，对着话筒用咆哮的方式再次演唱*War*，整个过程，她高昂着头颅，不惧眼前的一切。

O'Connor唱完离场，时任演唱会主持人的Kris Kristofferson（克里斯·克里斯托佛森）上前安慰她，她抱着Kris Kristofferson哭了。

[05]

作为一个文青，被问及最多的问题是什么？是理想。这未免有些讽刺，在主流人士眼中，文艺青年似乎不配谈理想，他们逃避生活，不识时务，更漠视规则，这样的人即便有理想，也不过是镜花水月。

文艺青年的理想，的确存在镜花水月的嫌疑，究其根源，是理想与喜好的高度重叠，俗语讲就是“一根筋”。一根筋的文艺青年们即使只会几个简单的和弦，也要标榜自己是一位独立音乐人，写出的段子语病成堆，也要诉说自己作为一个诗人的孤独。这帮人的理想与他们的群体认知一样狭隘，他们喜欢一样东西，不管这样东西喜不喜欢他们，都被他们称为理想。不过回过头来思考，理想不就是为自己服务的吗？在这点上，文艺青年的理想要比其他人来得纯洁得多，我们多数人习惯遵循别人的成功之路，不过是一种意淫式的模仿，我们自认为那是理想，其实它配不上。

18 岁的时候，我和小伙伴的理想是像杨四郎那样画画。

杨四郎，牛城美术界传奇人物，祖籍东县，一米八三，天赋异禀，威风凛凛。此君最著名的事迹是他和中央美术学院的孽缘，高考五年，每年都过油画系分数线，每年都因英语不够 60 分落榜。河北师大美术系副院长欣赏他，出书必选他的范画，以“免试入学”条件邀他入驻师大，他婉拒。

美术生心中有八座大山，即八大美院，海拔最高的是央美，央美油画系，是峰顶那面黄旗。

杨四郎年逾二十五，痴心不改，声称要与央美油画系死磕到底。

牛城大小画班都在邀请杨四郎代课或造访，我们画班算是有一定薄面。四郎走进来，获众星捧月般礼遇，老师吩咐所有学生放下手里的画板，站至四郎身后观他作画。四郎竖好板子，将物什一件件丢给跟来的小弟，小弟削铅笔、点烟、开瓶装水盖子，CD 机放进 Metallica（金属乐队）的唱片。

耳塞中 James Hetfield（詹姆斯 ·海特莎尔德）的吼声若隐若现，白纸上四郎的炭笔沙沙作响，不消一刻，大功告成，众人赞曰：“我 ×。”

四郎在走廊里点燃第二支烟，俯首对我们几个小伙伴道：“你们要是想考八大美院，得学我这种画法，我这种画法实在太牛了；你们要是喜欢摇滚乐，得去北京买一种叫‘打口带’的东西，‘打口带’实在太牛了；你们要是想听点带劲儿的，得去买 Marilyn Manson 的专辑，他一首歌里有小孩子的哭声，Marilyn Manson 实在太牛了。”

我们觉得他实在太牛了。

随后，我的小伙伴之一胖胖毛遂自荐做起杨四郎第二个小弟，一向虚荣与自卑的胖胖就此翻身，到哪儿都挺直腰杆咧着肥嘴巴说：“我是四郎的门生！”我们从心底羡慕他，却叹息自己没有那样的脸皮。

2003 年，杨四郎将自己锁在一座小黑屋内三月，背会二百多个英语单词，突破 60 分大关，入驻央美油画系。

2007 年，胖胖喝醉上街，被一辆疾驶的国产车撞飞，就像朵臃肿的花蕾，还未来得及开放便在午夜中飘散。

我常常在想，杨四郎背着行李迈进央美油画系的那一刻作何感想？会以摸到那面黄旗而心潮澎湃，还是会以一段新的底层式的人生无尽失落？他曾是小地方的传奇，如今在大都市中泯然众人，事实上他也再没恢复往日风采，毕业后留在附中任教，央美岁月稀释了他的才华，牛城早已忘记了他是谁。

我常常在想，多可惜的胖子啊，他死在了2007年，他的一生都没看过3D电影，没用过iPhone和iPad，甚至没经历过网购。可转念再想，几十年后的孩子们不照样会用同样的眼光看待我们吗？届时恐怕连我们自己都无言以对。我们曾经神往的那些东西，美术、四郎、八大美院，不过是文艺小圈子的狂欢，不过是浩瀚社会的边缘。

[06]

2010年北京草莓音乐节上，认识了“重型文青”老孙。“重”，不是开身体的玩笑，东北人的确高大粗犷，老孙的“重”是重金属的“重”，很多人对我说，他是当代中国最懂重金属音乐的三个人之一。

另外两个人是谁？无从得知，我只知道老孙对重金属音乐的痴迷到了神经病的程度。国情所致，国内摇滚业不发达，很多经典重金属唱片没有引进，有些在打口唱片中都难觅其踪。互联网时代，这些遗憾被渐渐抹平，大家可以在网上找到任何一张重金属唱片，区别只是试听版的音质优劣不一。老孙显然不满足在线试听式的重金属音乐，他想尽办法从网上下载到各类稀有专辑，刻录为 CD，独立印刷封面与内页，把个小小的出租屋堆成山。每一位去探访老孙的人，都会为他那堆 DIY 唱片所折服，顺便再被他那口儿滔滔不绝的重金属八卦折服。

我不止一次告知拨片：老孙这样的人，放在北欧，会是金领，放在美国，也是个衣食无忧的白领，可当下的中国文化产业不需要他这样的人，明白了这点，他或许会痛苦，不明白这点，他会一辈子痛苦。

老孙不是笨蛋。他喜爱自己那份杂志社的编辑工作，何况负责的还是自己最擅长也最感兴趣的重金属版块，他为此孜孜不倦地干了五年。五年后，他交了女朋友，开始为生计发愁，当时月薪只有 1500 元，加上单位福利，月收入不足 2000 元，他同时做着兼职，国内唯有的两本重金属杂志《极端音乐》《重型音乐》纷纷邀他撰文，无奈那两本杂志是出了名的朝不保夕，有时半年才出一期，兼职收入微乎其微。

他对着我一通抱怨，抱怨杂志社吝啬，抱怨上司没有商业眼光，随后他辞职，来到北京寻找挣钱的工作。他被一家小文化公司录取，月薪 3000 元，与女友租住在阴暗潮湿的地下室，这时他明白过来，除了重金属，自己或许什么都不懂。

人应该做自己擅长的事，不是吗？何况那是自己的理想，即便这份理想真的生错了国度。老孙再次辞掉工作，回到之前供职的那家杂志社。两年后，杂志社解散，他带着女友二度进京，依旧只找到份月薪微薄的工作，所幸的是，他搬出地下室，住进了胡同里的平房。

老孙的从业之路，堪称所有理想型文艺青年的奋斗写照，作为文艺青年的我们很难承认一个事实，那就是理想与职业的区别：理想，是个人的事情；职业，往往被社会左右。

[07]

一个理想型文艺青年的职业该是什么样子？

1999年，石家庄三个年轻人借了几万块钱办起一个名叫“我爱摇滚乐”（以下简称“爱摇”）的文化机构，主营三大业务：发行杂志，讥讽社会现象，介绍国内外摇滚乐信息；灌制唱片，收集各地地下乐队小样，签约录制专辑；管理论坛，供一干不学无术的青年学生在上面扯淡。

这个地方，就是拨片和老孙工作过的那家民间杂志社。

五年后，他们的事业达到顶峰，“爱摇”成为中国摇滚乐迷心目中第一品牌，杂志发行量过万，唱片销售量过万，论坛注册人数过万。一座全中国最土气的城市，却因为出产了最著名的摇滚杂志名声大噪。现在的小孩子无法想象当年爱摇的影响力，几乎每个小愤青都渴望着有朝一日奔赴石家庄朝圣。

2010 年的爱摇，开始了逃离潮。

大家都在抨击这个机构，抨击内容与老孙的抱怨一致：工资可怜，不思进取。作为对这个机构深存感情的外人，我向在职的编辑表达了自己的看法：时代不同了，这么好的平台和底子，何不洗白一下，搞点商业化的东西赚点大钱，这样“员外”们的豪车也买了，员工们的工资也涨了，说不定还能进军都市号令天下。

现实情况是，爱摇的“员外”们小富即安，为保持事业的“纯洁性”，他们宁可“爱摇”这一品牌在市场大潮中泯灭，也不愿“变节”，反正他们已经买了庄里的房子，开了庄里的汽车，捎带着生了一堆庄里的孩子。

爱摇唱片停产，爱摇论坛下架，爱摇杂志停刊，它生过，它活过，它火过，它死了。

2011 年，万青专辑北京首发式，爱摇新老编辑齐聚一堂。酒吧啤酒宴上，我和爱摇的小“员外”土拨鼠侃侃而谈，他一遍遍向我阐述他的苦衷，在职编辑龊龊候在一旁静静聆听。两天后，爱摇帮回石家庄，三天后，龊龊跑了。

爱摇帮的故事，讲不完的，其纯真、冲动、荒诞、丑陋，无不映射当今中国地下文化产业的德行。不过有一点值得肯定，爱摇帮没有一个人否认自己对这个根据地的感情，有些人逃离一段时间后重新回到庄里，比如老孙这样的，有些人在落幕后依然不求回报地经营着爱摇微信平台，比如一个姓段的孩子。

在我们老读者心里，爱摇的结局，非时代之过，不过是经营者的视野及能力有限罢了。爱摇这个曾经最大的公知型刊物，与所有公知的命运一样，勇敢地抱怨，只剩下抱怨，抱怨无力，一哄而散。我从不否认抱怨的必要性，但我看不起当代大多数的公知，在“抱怨问题”“认识问题”“解决问题”上，这帮人的认知能力导致他们往往只停留在“抱怨”层面，另外两个，不会了。公知们心知肚明，这个世界不睬他们，他们也无法左右这个世界。

[08]

文艺青年们三十岁了，也到了愚昧麻木的年纪，生理上心理上，他们注定不再像二十多岁时那样满腔热血，镜花水月式的理想一旦流逝，现实便开始一点点吃掉他们。

最先张口吃人的，是父母大人。文艺青年们成功逃离了故乡，逃离了职业，却逃不开一缕亲情。亲情，暖，暖得像四月的一片阳光；亲情，重，重得像山腰的那块湿云。父母年纪大了，儿女们无法陪在他们身边，父母对下一代的婚事望眼欲穿，儿女们则向往着不一样的人生。这很像一个自由主义者的爱情，爱得热烈，却也不甘相守。

我常对学弟学妹们说，二十世纪八十年代出生的中国人，与父母的代沟空前绝后。父母是计划经济时代的人，有些还经历过阶级斗争，而我们是读着日本漫画看着美国大片长大的，不可能与父母存有相同的生活观和价值观。误会、曲解、冲突，在所难免，即使做了十足的沟通，也不要指望父母从心底去理解你。

文艺青年面前的这条代沟，更加深邃，分明是条越不过的鸿沟。据一份官方报告透露，中国25岁至35岁青年群体，有过被逼婚经历的人达六成，30岁以上被逼婚者，不同程度存在抑郁。我们有足够理由相信，文艺青年是逼婚大潮中第一波抑郁的人，他们都是唯美主义者，他们或许对物质生活不擅长、不关心，精神格调却高得离奇，所以，你能见到的30岁以上的单身人士，多半有着文艺倾向。有着文艺倾向的他们，迷恋癫狂，迷恋孤独，渴望幸福，又不齿主流的幸福方式，他们的一生都在浪漫与现实中飘荡。

2012年，父母逼婚达到高潮，曾一个季度回家一次的我整整一年不敢回家。父亲扬言，只要我回家，就把我关进铁笼子，拜了天地进了洞房，再放我归京。

已迈入下半生的父亲不是一个易怒的人，他的话不由得不信。于是我想到了自杀，我没开玩笑，我真的开始盘算自己的自杀方式。我从公司弄到两瓶汽油，洒满床单，准备从容涅槃，但我随即想到，我同别人合租啊，我不能因为自己一人的好事搭上他们的无辜。我打开凌晨的窗，幻想空中的身姿，幻想落地后的状况，小区早上有很多老人遛弯儿，也有很多小孩子背着书包上学，他们见到我的死相，怕是要恶心半辈子。

文艺青年不怕死，只怕死得太难看。我资本有限，实在找不到漂亮就义的途径，只得乖乖买了回家的车票。回到老家，无人提及婚事，返京车站，父亲告诉我，他事先在家族中开了会，他告诫所有人："孩子也不容易，让他好好过个年。"

晚7点，故乡的发小来电："你只比我小一岁啊，可不能再拖了，咱可三十多了。"我回说："嗯，没拖，你放心吧。"

晚9点，故乡的父亲来电："你个人的事怎么样了，可不能再挑了，咱条件本来就一般。"我回说："嗯，没挑，你放心吧。"

晚10点，父亲去世了，母亲孤苦伶仃，我把她接到北京与我相依为命，她在街边认识了个卖炒面的女孩子，拉回来，义正词严地要我娶她。我应下，婚礼很快结束，新娘子将我牵至墙角说道："你真不认识我啦？我是你十六岁读私立中学时坐你后面啃馒头的那个姑娘啊，后来在广州上吊的那个。我没死，我花了点钱把魂魄附在这个女人身上了。"

我冒着冷汗睁开眼，凌晨3点，一片漆黑，周围静悄悄的。

[09]

严格说起来，16 岁到 32 岁，我只爱过四个女人，其中三个是文青，如今都已嫁作他人妇，剩下的那个并非文青，爱不爱我也不是我说了算。

最刻骨铭心的，永远是不爱你的那个，对于我来说，就是当年读大学时追过的中文系姑娘，我追她，她嫌弃我，就此作罢。我曾经用最恶毒的语言将她写进已发表的散文《我的大学》里，她却并不为此生气，她告诉我，我所有的文章里，她只爱这篇。

出于道德压力，我与她的联系仅止于网络通信，且间隔数月。她发音乐来，发诗歌来，发美术作品来，她 31 岁了，依旧是那个热衷文艺的姑娘，依照她的说法，诗歌、美术、音乐，还有我，是她现在唯一可以逃离现实的东西。她渴望着有那么一天，我会去找她，只要我许下承诺，她就可以看到远处的光明。

我想我这辈子总会再见到她，但我不敢对她做出她想要的那种承诺。一个姓孟的老师跑来请我吃饭，其间说："不要去见这个女人，除非她离婚后你能娶她。"拨片在爱摇帮的一场婚宴中与我同坐一处，其间说："凭什么呀？她当年那样对你，有出息没出息啊你，换作是我，我要恨她一辈子！"

是啊，不要让一个女人恨你，她会恨你一辈子，也不要让一个女人爱你，除非你能娶她。这是个多么讽刺的故事，简直比文艺青年的理想还要讽刺，已经结婚的人，对幸福的感知只剩下了艺术，被逼婚的人，因为艺术而得不到理解。2009 年，我爱过一个叫黄小夜的姑娘，她对我说：“我们在一起，只要有书读有音乐听就行了啊。”2011 年，同一个黄小夜说：“很奇怪，以往喜欢的人，再见面，一点也喜欢不起来了。”文艺青年黄小夜长大了，这是现代女性应该顺从的人生轨迹；可怜的中文系姑娘，她却不肯长大。

可话说回来，长大真有那么好吗？我们都已经长大，才发现长大后不过如此，那些值得我们玩味的东西，包括勇敢、痛楚、冲动、绝望，统统是过去的事情，现在和未来，迎接我们的只有愚昧与麻木。如果一个文艺青年的文艺生涯注定结束于长大，那还是不要长大的好，因为镜花水月，总好过百无聊赖。

抑郁症卷土重来，梦魇卷土重来，凌晨 3 点，我再次骑上那座墙头，透过湿气向远处望去，那里站着成堆的文艺青年，包括年轻的自己、年轻的拨片、年轻的老孙、年轻的杨四郎、年轻的黄小夜、年轻的中文系姑娘，我大声对着他们疾呼，告诉他们，我跟他们一样，依旧在看 David Fincher（大卫·芬奇）的电影，依旧在听 Guns N'Roses（枪炮与玫瑰车队）的专辑，依旧在相信那些傻傻的自由主义哲理，这些东西感动着我们，我们甘愿被这些东西感动，我们的灵魂本不健全，我们有着充足理由去拒绝那些健全的人生。

[10]

感谢艺术，感谢所有令我们感到过幸福的事情。

2016年6月29日完稿，“年华三部曲”之一，收录于“ONE”，此文被豆瓣网重点推荐，反响巨大。

错 爱 年 华

[01]

有人说：“爱是人类发明的第一毒品。”这话偏激，却不过分，如果以“迷惑”“痛苦”“难舍”“沉沦”标准来衡量爱，它的确与毒品相似，折在它身上的人如此多，又如此地执迷不悟。人们太喜欢给自己的失败或丑陋找借口了，不管自己追求得多难、多傻、多不地道，均扣上“爱”的帽子，仿佛沾了这劳什子的光，过往的每一份贪欲都值得被原谅。

这不是现代人的事，自文明社会始，“爱”这个字眼便一次次被歌颂，宗教、政治、民俗，为了各自隐晦的利益，纷纷示“爱”，继而让“爱”感化一切。作为现代人，我被爱感化过，你被爱感化过，谁没被爱感化过呢？当家庭、事业、理想等统统冠以“爱”之名，你怎么都逃不过。

我们真该好好反省，为什么我们总在神化一个明明是自己创造出来的东西，信奉它、跪拜它，得意扬扬地沦为它的奴仆，这实在太糟糕了。

[02]

2014年秋，我从一家青稞酒企业离职，离开了从事六年的白酒行业。我离开的时间，正好是这个传统行业风雨飘摇的季节，反贪腐大旗下，高端酒卖不动了，崇简风潮下，中端酒卖不动了，以量致胜的低端白酒被同价位的洋酒、红酒挤对得惶惶不可终日。中国人讲“疾风识劲草，乱世出英雄”，这似乎并不适用于白酒产业，昔日的酒商大鳄们，面对烽火，一个个地乱了心神，笃信谣言者，病急乱投医者，不胜枚举，白酒电商、网络小酒、线上营销，一个个项目上台，一个个项目下马，太多人在这场危难中现出了原形。

同时离开这个行业的，还有一干年龄相仿的同事，他们或回归本位做起与自身专业相关的事，或拉帮结伙尝试新兴产业，大家存在一个共识：这个行当太不好干了，干什么都是赔，老板们也尽信一些欺世盗名之辈。

我最好的朋友雷大人选择留在了青稞酒，这出乎大部分人的意料。共事期间，雷大人是与我谈心最多的人，也是抨击企业弊病最多的人，所有人绝望的时刻，他存下一丝期望。他对我说：“董事长是个聪明人，撞了南墙，不会不回头，我提那么多意见，他反感，没什么，等他那些新项目赔了钱，他会想起我的。”

一年过去，董事长赔了一亿，两年过去，董事长赔了两亿。

从前，雷大人是行政部经理，后来，雷大人被董事长安插进新项目做采购部经理，现在，新项目遇挫，雷大人重新被拉回行政部当经理，董事长甚至流露出降雷大人薪水的打算。

而发起新项目的那些人依然被重用着，董事会上，董事长为千夫所指的新项目护航，要求西宁总公司的长老们多给他一些时间。我和雷大人算比较了解董事长，这是个爱面子的富豪，一心想摆脱投资者的身份参与公司的具体经营，自己主导的项目失败，在长老们面前丢了人，不甘心，总要留下最后一次证明自己的机会。

我可怜的好朋友雷大人，成为这场闹剧中一个不起眼的牺牲品。他百思不得其解，为什么董事长明明知道他对了，却无动于衷，无动于衷也就罢了，为什么还要降他的薪水?

我告诉雷大人，这不过是个爱或不爱的俗故事。

我们追求一个姑娘，倾注自己所有的才华，姑娘最初也许动过心，最后还是钟情于别人。那么，我们是否还要继续追求这个姑娘？是否要把自己宝贵的年华、心血甚至尊严全部搭在一个不爱自己的人身上？挽留一个不爱你的人，也许会有收获，挽留一个爱过你然后不爱的人，毫无意义，即使她钟情的那个人日后伤害了她，又怎么样呢？她不会因此回头。

清高者的爱情，不存在酝酿与等待，只分爱或不爱，不爱，即厌。很多时候就是这样，我们沉迷于一件事物，抱着各种幼稚的幻想，豁出去不要了，才发现对方不过是花花世界里一抹指肚大小的庸脂俗粉，指肚大小的庸脂俗粉，你甚至连回忆它的冲动都没有。

他回复我说："完全懂了，谢谢兄弟。"

[03]

家家有本难念的经，每个行业在管理和经营上都会有这样那样的问题，聪明的员工很少向上司提意见，更不会直言上司的过失。在这点上，我和雷大人都犯了错，也都招致了祸端。雷大人当初没有离职，除了走火入魔般的痴情，还有一份面对未知的胆怯，毕竟，他是有老婆孩子的人，对于他这样的人来说，"稳定"是生活的第一要素。

我们都羡慕雷大人，羡慕他的一切。雷大人要模样有模样，要才华有才华，且从不为银子发愁。他是公司里唯一开宝马的员工，在北京三环内有两套房产，他的太太是位知识女性，在出版社上班。两人青梅竹马，互为初恋，婚后，生一男一女，基因缘故，娃娃们是那般的漂亮。按理说，这样的男人不该为一份工作烦恼，更不该为那一个月一万块的薪水烦恼，这太不合乎他的气质，他随便换个公司，都能比现在活得好。

究其根源，雷大人和董事长一样，太想证明自己，又太爱面子，分明爱错了，却不愿否定。

我离职的时候对雷大人说："酒是好酒，人非贤人。"雷大人与我击掌叫好，现在想想，这句话其实害了他。酒再好，卖酒的人不变，等待有何意义？董事长第一颗扣子扣错了，只会一路错下去，雷大人扣子没扣错，方式错了，他也不会再有翻盘的机会。

与雷大人重逢，除了聊工作上的事宜，也一起回忆昔日的同事。董事长接手北京分公司前，北京分公司的总经理是董事长北大的老同学，这位老同学是位爽直的东北人，他离职的时候大骂董事长混蛋，因为董事长最初利用他与西宁总公司的长老们对战，战不过，直接甩给他一口大黑锅。

[04]

按照左派哲学的说法，这个世界不管穷人、富人、善人、贱人，都有上天赐予的独一份的礼物，这就是所谓的天赋。每个人的性格与视野不同，或美美地享受着天赋，或始终不知道天赋在哪儿，而更多的人，毕生得不到施展天赋的机会。

职场上，我们都见识过天赋异禀的同事，他们极其热爱自己的工作，在第一时间做到最好，但这些人不一定都会获得晋升的机会，或运气不好，遇上个嫉贤妒能的上司，或野心太大，招致同阶层人士的反感，更糟的，身处保守的行业，领导们不敢有丝毫逾越或博弈的胆量，以至于腰斩的宿命笼罩在每一份天赋之上。

我读大学的时候，身边的朋友都是文学迷，其中中文系小高和广电系曹哥算是具备文学天赋的人，他们当年创作出的短篇小说十分精彩，即使搁到今天，依然具有可读性，可十年过去了，最终干了写作这个行当的只有我一人。老朋友见面，每次讨论到文学，我都带着浓浓的自卑，单凭天赋，我不觉得自己比他们任何一人出色，我只是迎合了这个时代，顺便沾了点狗屎运。

我这两位朋友当初是搞现实主义文学创作的，他们各自写过以自己故乡为基调的乡土人文小说，其老辣、深刻、鸣世的功力直追上古圣贤，可没有出版机构要这样的东西，因为这样的东西缺乏市场。当代年轻人追捧的文学形式是言情、武侠、都市、魔幻，严肃文学已然不吃香，更不要提严肃文学中的乡土流派。小高停止文学创作，毕业后去一个贫困县做了教师，曹哥停止文学创作，毕业后扛起摄像机干起了传媒，他们与文学的缘分就此终结，他们的文学天赋就此掩埋。

与之形成荒诞对比的是一个叫作檬檬的人，此君当初与我们同属一个朋友圈，一直在为文学理想不懈奋斗。檬檬文学天赋有限，这点除了他本人外几乎无人不明，十几年过去了，他没有个固定的职业，只会伏案写作，他依然写不出像样的文章，甚至写不出一句动人的话。檬檬深谙世俗风情，适时地追随着各种文学潮流，青春题材火了，他写青春类小说，盗墓题材活了，他写盗墓类小说，他将他所知道的投稿机构投了个遍，没有回音，他在他所知道的在线阅读平台日夜发文，应者寥寥。

他偶尔找我聊天，旁敲侧击地询问我对于他创作手法的看法，我不知如何回应，最后实在没招了，介绍一个叫鲸书的女作者给他，顺便给他看了这小姑娘写的《口技》。我告诉他，作者是科班出身，《口技》里没用什么手法，就是直白地叙事，效果却十分惊人。我的本意是告诉他天赋的意义，可他还是会错了意，哈哈大笑后说："这什么呀这是，结构乱七八糟的，文风也一点也不严肃，还加了那么多网络用语，真不明白这种人写的东西竟然也能火起来。你也是，推崇这样的文章，真怀疑你以前的那些书是怎么出版的。"

与小高、曹哥不同，檬檬没有资格去责备这个行业，在文学面前，小高、曹哥可以深沉地说一声"爱过"，檬檬只能苦楚地说一句："爱着"。檬檬的爱太深了，他已不可能发现自己爱错，他坚信文学会拯救他的人生，会赎回他的岁月，他甚至觉得他苦楚的一生中有这样一份爱就够了，那些没有爱的人，有什么资格评述？

[05]

好莱坞有位导演叫艾德·伍德，以拍烂片闻名，他拍摄的科幻电影《外太空 9 号计划》雄霸 IMDB 最低分宝座长达半个世纪之久。烂片拍久了，影迷们对艾德·伍德的情感发生了变化，越来越多的人敬佩他的不屈与执着，毕竟，兢兢业业拍一辈子烂片的导演，除了伍德，再无第二人。1994 年，好莱坞另一位导演蒂姆·伯顿为艾德·伍德拍摄了传记电影，邀请当红小生约翰尼·德普出演伍德。

伍德一生最有趣的地方在于，他是如此地热爱电影，可上帝不给他哪怕一丝电影方面的天赋，于是他只能拍烂片。艾德·伍德晚景凄凉，影迷们集资救济他，最后他死在一个救济他的朋友家里。执着于爱，成为伍德留给后人最大的精神财富，没有人否认他选错了行业，也没有人能阻止他受虐于这个行业。

过年期间，我在火车上认识了一个 29 岁的男孩子，怎么搭上话茬儿的记不清了，反正聊的都是关于唱歌的事。这个男孩子爱唱歌，也具备一定的天赋，他的手机里藏着数十首他演唱的歌曲，另外还有上百首流行歌曲的伴奏。

他把我拉到车厢偏僻处，将手机按在我耳朵上，我告诉他："挺好听的。"他笑得比车门上的年画还红火。其实我内心的潜台词是"还好"。我一个外行人都听出了他副歌部分的几处走音。

他告诉我，他是做保健品推销的，他不喜欢这个工作，他把所有业余时间都花在了唱歌上，这辈子除了唱歌，他不指望自己能做出其他任何成就。他为此努力过，努力了不下七年，自大学起，他便参加地方上举办的大大小小的唱歌比赛，也给各大卫视的选秀节目寄过小样，可不知为什么，每次海选结束他都被其他选手挤下来，他没觉得那些人唱得有多好，他只叹自己没有那么好的背景与长相。

回京后，我就此事与一位从事过音乐编辑工作的朋友聊天，朋友笑笑说："这孩子还是专心卖保健品比较好。自信当然是好事，但说实话，中国唱流行歌嗓子好的人太多了，就是因为同水平的人太多，最后才拼长相和背景。他不是原创歌手，仅凭这一点要想混出头就很难，就算是原创歌手，怀才不遇的也太多了。"

车站分别前，我问这个 29 岁的男孩子："以后你有机会出唱片了，还会参加各种比赛吗？"他说："那得看是什么样的公司签我，要是不起眼的小公司，我还得去参加比赛，你知道，小公司的歌手，都被逼着唱垃圾歌，从艺生涯不会长久的。"

爱，给人温暖，也给了人温暖的假象，人在三种情况下最容易盲目：爱、恨、无知。爱，排在了首位。爱的路上，有人浅尝辄止，有人知难而退，有人挥血冒进，我不明白，这有什么好敬佩的，有什么好歌颂的。

[06]

决定境遇的，不是天赋，而是性格，这是很多人认同的一个观点，几乎每个人身边都曾出现过天赋被性格蹂躏的人。

我最常跟人提的，还是我大学时候的同学小崔，事实上有此看法的老同学远不止我一个。小崔小我两岁，当了四年班长，作为设计系的学生，他的天赋早早便得到众人的认可。同样的软件、同样的素材、同样的时间，他做出的东西比任何人简约，比任何人有趣。毕业后，创业的教授们纷纷邀请小崔去他们的公司做事，也只邀请他一人，小崔拒绝，大义凛然地跟随众人上京谋职。

三个月下来，小崔在北京没有找到合适的工作。那个时候他最擅长的是平面设计与手绘，他却放弃这两项工作机会，一心争取相对来说比较陌生的影视后期工作，结果，影视单位没有人要他这样的新手，也不给任何实习的机会。小崔绝望，接着对北京这个地方绝望，收拾行李回老家，一年后，在老家从事了平面设计工作。

在京收入最高的老同学时常这样评价小崔："太可惜了，我手绘天赋远不及他，还能做个主美，他当初要是咬咬牙留下来，到今天怎么也能弄个总监当当。"我问说："你们这一行总监挣多少钱？"老同学答："怎么也得三十万年薪以上吧，我这样的每个月都能拿两万。"

小崔在老家做设计主管，月薪五千元，还着总价三十万的房贷，娶了郊县水当当的姑娘，买了当地产的小电动车。多数老同学表示，如今的小崔很享受小城生活，小城不会像北京那样忙碌，不会像北京那般无情。

而为小崔感到可惜的那位老同学，婚后辞掉工作到老家生活了一段时间，他很快感到厌烦，舍弃妻儿收拾行装重新回到北京找工作。我对这位老同学比较了解，以他的才华与雄心，他不会一辈子屈就于一个温饱有余的小地方。

小崔只算遗憾，不算失败，因为他的性格本就属于小城，小城也给了他幸福生活的回报。

北京新街口，大大小小的琴行，琴行里窝着大大小小的摇滚乐队，其中有一帮号称“音速客”的年轻人，玩着地道的二十世纪八十年代的流行金属乐。我跟“音速客”的缘分很短，路边抽烟时遇到，聆听小样，就近找个烧烤摊喝酒，酒后不复相见。

“音速客”们大都出身底层，没个正式的职业，偶尔去琴行帮忙做事，抱怨琴行给的钱不多。他们乐队中出现过的最大牌的人叫贝贝，签约过一家唱片公司，给一个二线流行歌手录制过专辑，可是在乐队中待了一年不到就走了，原因是不满其他成员老蹭他的饭。

我对“音速客”们说：“你们技术都挺好的，旋律也不错，就是纯英文歌词在中国市场有限，有中文版本就好了，另外现在业内推崇中西文化结合，你们要是加个古筝扬琴什么的肯定会让唱片公司眼前一亮。”“音速客”中个子最高的一位笑道：“我×，哥们儿，改成中文加个中国乐器，还是我们的东西吗？”另一位个子较矮的补充：“我知道你这提议是为我们好，但我们搞的是纯正的八十年代的美式 Glam Metal（华丽金属），除了这个风格，我们不搞别的，我们都爱 Glam Metal，不想让太世俗的东西玷污了它，真搞成你说的那样，就算火了，也不是我们要的东西，这样有什么意义呢？”个子最高的继续笑：“哥们儿，你把我们乐队弄成那个样子，图个什么呀？”我回击他：“可以签约啊，可以有好的录音室做更好的音乐啊，可以让大家的生活变得好一点啊。”

我再次找到那位做过音乐编辑的朋友，她笑笑说：“你就多余给人家提建议，人家多纯洁啊，你多污啊，人家玩八十年代的 Glam Metal，让人家玩儿去啊，多他妈的有纪念意义！”

知道自己天赋在哪儿的人，机遇面前，不一定都是聪明人，如果机遇面前多加了个“爱”字，也许更糊涂。

新街口“音速客”们的小样，我时常拿出来听，怀怀旧，还是挺不错的。

[07]

2015年春末，参加了一个饭局，饭局上有我那位做过音乐编辑的朋友，她的身旁，坐着饭局的主角，一个从国外留学回来的男人。

饭局结束，返程路上，几个女人聊起男主角的八卦，基础情节是：男主角女友在他出国第二年就移情别恋，男主角回国，请了所有的朋友，唯独没有请前女友，尽管前女友现在恢复了单身。

“她就是典型的‘绿茶婊’，好了五年，对方刚出国一年，就跟别人好了，现在人家回来了，她假装不知道，骗谁呢！”姑娘们忿忿不平地说。

朋友意犹未尽，问完男友、闺蜜不算，接着问我怎么看，我说我倒觉得这个故事的结局挺好的，一个人不爱了，立刻离去，离去得干干净净。一个人爱不动了，立刻离去，离去得干干净净，这是聪明人的爱情，生活注定会临幸那些聪明的人。

2015年夏末，青稞酒的老同事雷人人给我发了条消息，称公司因为食品安全问题被媒体揭发，股价波动，西宁总公司的长老们再次声讨新项目，董事长愁得在公园内来回踱步，我问他：“你还会劝他放手吗？”他说：“不会。”

2015年秋末，我给在南方过生日的檬檬发去一封自己制作的明信片，背面附上了我最喜欢的一段电影台词，来自约翰尼·德普主演的电影《美国毒枭》：

所以，这就是结果吗？值得吗？上帝啊，我的生命已变得面目全非。

在夏去秋来的一天我被遗忘了，再也找不到回家的路。

我经历过很多心酸的日子，野心始终未变，时间就这样一分一秒地流逝。

我的一生曾到处留情，亲情，爱情，友情，到头来一无所有，我始终保持着微笑，因为我知道我的野心远远地高于我的实力。

如今，我的眼前再没有了声色犬马……

2016年8月14日完稿，2016年11月15日修正，“年华三部曲”之一。

摩登年华

[01]

最近诸事不顺，身心疲惫，傍晚在小区外散心，同一个做编剧的大姐聊了会儿天，这姐姐新闻系出身，专攻家庭伦理，聊至现代人的生活压力，她提出动人的观点：

都市人是否幸福，在于眉目间锁了多少不情愿，也就是日常生活中干了多少硬着头皮的事情。

一个都市人，嫌弃家具的老土，嫌弃蟑螂药的颜色，嫌弃地铁的拥挤，嫌弃红绿灯的频繁，嫌弃工作的重复，嫌弃上司的虚伪，嫌弃长辈的顽固，嫌弃爱人的身材，那么，即使这个人拥有闪亮的工作、充沛的薪水、宽敞的房子、时髦的座驾，甚至圆满的家庭，其生活质量注定不如一个什么都没有的应届大学生。迈进都市的大学生，到处都是挑战，到处都是新意，更不乏低成本的惊喜，而在各种成熟规则下麻木的中年人，惊喜成本往往过高。

讲白一点，都市里的中年人，经验足够，积蓄不菲，却被画上各种红线，跳出红线，激情唾手可得，触碰红线，危险无法预估，在一个任何人面对付出都懂得讨价还价的年代，一朝失算，触底难返。

[02]

五年前，我在一家白酒企业上班，当然，这里没我什么事儿，说的是我老板。

我这位老板是位目不识丁的温州商人，五十来岁，姓裴，“目不识丁”过分了点，江湖传言他的学历是小学五年级。2011 年，此君身家过亿，投资着包括文具、纪念品、年份酒在内的多种产业，是位真正白手起家默默耕耘然后在某一个历史时刻突然指数破表的第一代富人。

老裴高大瘦削，皱纹纯朴，话不多，也从来没笑过。裴太太姓曹，唤作曹姐，是位四十多岁、体态丰盈、头发弯曲、一脸横肉的婆娘。曹姐司职财务总监，一双狐狸眼盯着公司里的大小事，包括老裴的私事。

我入职前，老裴找过“小三”，他与曹姐的一双儿女在美国读书，为了拿到绿卡，曹姐每年也要去美国居住一阵子，老裴的第二春就发生在曹姐赴美期间。按照八卦女同事的描述，“小三”是位二十五六岁的东北女，身材相貌一流，智商堪忧，讲起话来更是十分的没溜儿。她跟着老裴走出电梯，大摇大摆穿梭于公共办公区，搔首弄姿地调戏长得漂亮的女员工，老裴只道她贪玩，并未上心，一来二去，全公司的女员工与她混熟。

“我告诉你们，裴总早就不爱那个老妖婆了，她算什么啊，哼！”东北女嗑着瓜子说道。

“你会和我们裴总结婚吗？”八卦女同事不怀好意地问。

“没想过，哎呀你真幼稚，这年头有钱人谁想结婚啊，能玩儿不就行了。”

大家目瞪口呆，接着面面相觑，一个个笑起来，办公区充满了快活的空气。

[03]

对于老裴找“小三”这件事，无论男女同事，均表示喜闻乐见。在大伙儿眼里，曹姐是个母老虎，整日刁难下属，时不时还站在办公区斥责全公司女销售为“不下蛋的鸡”。秉持“敌人的敌人是朋友”的伟大理念，大家爱上了东北女，她非正式的老板娘，却至少不会在大家面前摆臭架子。

“你们都不懂裴总，裴总是个很时髦的人，没你们想象中的那么老土。”我后来的上司如是说。作为一名忠诚下属，他时刻站在裴总一边，他告诉我，那时的裴总跟现在不一样，爱笑，也爱开玩笑，他把他这辈子的笑容都留给了那段时光。

每个人心里清楚，这是部有着灾难片结尾的喜剧片，“小三”太过招摇，曹姐眼里揉不得沙子。身处美利坚的曹姐闻得风声，抛下儿女只身归京，于公司前台处一把揪住小贱婢的头发。

办公区乱作一团，东北话、温州话交相辉映。“你他妈给我过来！”曹姐终于彪出普通话，“我就不过去！”“小三”低头拼命摆脱。老裴在部门经理簇拥下颤颤巍巍走出办公室，曹姐瞬间红眼，舍弃“小三”飞身扑来，伴随一声苍凉的哀号，巴掌呼上老裴的脸。

“小三”消失，老裴道歉，在律师和儿女的监督下双方签署协议，老裴所有的不动产与一半的债券划至曹姐名下。

这件事仍有下文，曹姐停泊在地下一层的保时捷被人划了，她为此肝火大发，差点住院。一些女同事开玩笑说，那些划痕分明是关外女人的手笔，“曹贱人”用的是草书，完事儿了还在后面加了个严重不对称的蝴蝶结。

[04]

2012年秋，我离开那家公司，跳槽去青稞酒上班，与我交好的那位八卦女同事正逢结婚，言道：“给你说件特有意思的事儿，上午我去请假，老裴脸拉得老长，我抓出一把糖递给他，他愣住，问："你这是婚假？你要结婚啦？"我说："嗯。"他笑起来，说："好啊，这是好事，我批准了，你去人力部填单子吧。""天哪，老裴笑了。""你觉得他为啥笑？""我哪知道，他这一笑，我倒有点心疼他了，唉，裴总这些年真不容易，你看他哪像个五十岁的人。"

至于曹姐，我至今仍留有独特印象，这女人对我不错，整个公司从总经理到前台，她骂了个遍，唯独没有骂过我和女出纳，女出纳用的什么招数不清楚，反正我对曹姐是极尽恭维之能事，甜言蜜语不打折、嘘寒问暖挂嘴边，她因此对我另眼相待。

曹姐每年都要向美国汇钱，我国法律规定，一张身份证一年内最多向海外汇 5 万美元，于是曹姐带着我们和我们的身份证杀向银行，她先将 30 万人民币打给我们，我们再填好单子汇至海外，据说中国所有的笨富人都这么干。

我呆呆注视着曹姐身份证上的照片，相信了八卦女同事的话，曹姐当年漂亮过，不是一般的漂亮。身份证上的照片，十照九丑，曹姐却美得九天仙女一般。曹姐再也美不起来了，她年轻的时候也许带给过男人激情，但她漫长的下半生，枕间弥漫的只有恐惧与仇恨。

[05]

为什么结了婚的男人会出轨？这是个蠢问题，问这个问题的人祝福你们将来都出轨。对现状不满的已婚男性，通常面临两种诱惑，一种是生理诱惑，一种是心理诱惑。生理诱惑最难控制，心理诱惑后果最糟糕，身体出轨的男人多半会选择回家，心理出轨的男人真的连家都不想回了。

两年前，我在崇文门上班，隔壁公司一位男员工在妻子怀孕期间偷人，走廊里的同事无不为此感到恶心，直到有一天，“小三”现身，同事个个呆傻，我身旁的事业部女经理甚至说：“怪不得你们男人会出轨，这姑娘长得连我都动心。”

我不喜欢那位男员工，不是因为出轨，他是那种清高到可耻的男人，自恃有着海外留学经历，在安全通道烟友群里损完这个损那个，好似整栋大楼没人配得上他。最终，他黑钱的事被领导察觉，一纸文书辞退，接着他单位同事爆料他正式迎娶“小三”，他答应了发妻提出的所有要求，房产、车辆、婚后存款，以及按季度交纳的赡养费。

令我寒心的事情是，自从得见“小三”真颜，两个公司的男女同事性情大变，夸赞这个男员工有能耐的话屡见不鲜，就连他离婚这件事，部分女同事也表示他处理得妥帖，像个爷们儿。

像个爷们儿……上帝，这他妈得是个多么冷漠的、爷们儿的、沙文主义的世界。

[06]

自然，出轨的不全是男性，女性出轨往往比男性来得猛烈，女人们疯起来，不但漠视对方的家庭，连自己家庭也不放在眼里。

2012 年，我在青稞酒宿舍认识了一对来自江浙的年轻夫妇，小两口在几千里外的老家还有个不满两周岁的女儿。这年月，这样的割舍不罕见，也着实令人敬佩，大家背井离乡，为了事业，为了房贷，为了孩子长大后不再走父母走过的路。

见面第一天，我就得罪了他们，准确地说，得罪了那位年轻爸爸。那时的我，口无遮拦，事事争锋，看起来十分讨厌。

大家一起吃饭，席间年轻爸爸教我追女之术，他很骄傲，他当年靠着惊人的毅力追到了如今这么棒的老婆。

“她长得漂亮，又有才华，班上的美工活儿都是她做的，追她的人排成排，我追她，她看都不看我一眼，还当众表示讨厌我。我没泄气，每天问候她，她在学校生病，我放弃回老家探亲，返程回来照顾她，我把当时所有的零花钱都攒下来给她买礼物，最终，她接受了我。”

“你到现在都没对象，就是因为你努力得不够，你这种等缘分的方式太落伍了，现在的姑娘都聪明着呢，人家衡量你好不好，主要看行动，行动不够，光有感觉，顶什么用？”年轻妈妈补充。

我不甘下风，回道：“你们是不错，但我反对死缠烂打式的追求，死缠烂打追到了又怎么样？不代表对方真的爱你，不过是个定时炸弹。”

自此，年轻爸爸对我存了心结，我们俩相处得不够融洽。年轻妈妈并不介意我胡说些什么，她活泼善良，对每个人都很好，公司里人人喜欢她。

两年后，我离开公司，又过了一年，与青稞酒老同事聚餐，得知这对夫妇回了南方，前后脚走的，走之前，两人已不再说话。年轻爸爸是网络工程师，拿着不错的薪水，埋头工作，不闻窗外事。年轻妈妈是销售内勤，上了销售经理的床，销售经理北大毕业，同样是一位离家在外的年轻爸爸。

我不是多高明的人，凭一时之气抛出“定时炸弹”，炸弹真的爆开，不由得暗暗吃惊。同样吃惊的还有餐桌上另一位离职的老同事，她喃喃地说：“想不到她竟是这样的人，真没看出来……”

[07]

回到“小三”的角度，为什么总有一些未婚女人勾搭已婚男性？这问题不蠢，这比男人的问题复杂多了，女人比男人感性，值得女人豁出去的事情，却总有着各种鲜明的目的：一场酣畅淋漓的报复、一场欢快的性爱、一份可歌可泣的爱情、一沓成就一切的钞票。

2011 年之前，我在一家文化公司上班，司职活动策划，当时与我对接项目的两位女公关，一个是华东人，一个是西北人，两位统统有着“小三”背景，还是对翻脸的闺蜜。翻脸的闺蜜，乖乖，这个世界上仅次于女朋友母亲的可怕生物，她们互相爆对方的料，恨不得对方死后下榻十八层地狱。

我那时候清瘦优雅，好助寡言，颇有几分女人缘，于是我成为华东女和西北女的重点倾诉对象。西北女倾诉道：“你看她多装啊，左手用鼠标，每次看她左手用鼠标我就想吐。”华东女倾诉道：“你看她多二啊，公司来个帅哥她就往跟前凑，要不要脸。”

最精彩的，莫过于两人的“小三”往事。

华东女开的那辆小丰田车是情人给的，情人五十多岁，知名书画协会的干事，两人定期去宾馆开房，有时还带着其他女人，那到底是“双飞”还是“N 飞”呢？谁也说不清。后来干事晋升会长，新欢数量骤增，华东女遭遗忘。

“你见过那个老画家吧？”西北女啃着汉堡，“就是前不久咱们活动现场留着长胡子的那个，他当场认出了她，吃完饭还说带她出去玩儿，她急了，当着咱们老总的面啐了那老家伙一脸，那场面，啧啧，我都惊呆了。”

华东女才华略胜一筹，直接采用纪录片手法，将对方祖宗八代翻了出来。

“我告诉你，她家可穷了，住破窑洞的那种，她爸爸是残疾人，一条腿走路，她妈妈在她十岁时得病死了。她哥哥大她两岁，是劳改犯，上学时不知道犯了啥罪，一直关到前年，放出来后，她四处借钱给她哥娶媳妇。她高中毕业来北京读大专，那种野鸡大专，酒店管理专业，实习时勾搭上我前公司的老总，两人就在那个酒店开房，我每次去酒店找我们老总，总能看见她头发乱蓬蓬地从包间跑出来。她去我们公司上班，跟我住公司宿舍，我当时劝她悠着点，她不听，四处显摆老总送她的信用卡，说一个月卡里打三万。后来，老板娘知道了，带着一伙子人冲进公司，当着那么多人的面打她，她可怜兮兮的，跪在地上哭，老总一天都没露面，人家当场要回了那张卡，把她所有东西扔到楼下，她离开后把所有老同事老朋友的电话都删了，包括我，谁知道又在这个公司碰了面。你知道她为什么恨我吗？就是因为我知道她的底细，她最近交了个条件不错的北京男朋友，怕我露她的底……”

华东女业绩不佳，离开公司，西北女调到我的部门，担任助理。尽管华东女播放过纪录片，我对西北女的观感始终良好，我同样出身贫寒，对她这样的姑娘存有天然的怜悯，何况她还长得那么好看。长得好看，当然长得好看，不好看的姑娘怎么做“小三”？

“小三”，某个层面上讲也是实力的象征，只是实力与理想间，通常站着一个叫作“命运”的家伙，华东女得到了车，她呢？她什么也没得到。

西北女瞧不起我，即使我是她的直属上司。她低头望着我那双白色运动鞋，问：“你这个三叶草挺好看的，多少钱买的呀？”我答：“假的，一百块不到。”她脸色骤变，瞪起眼睛，死命踩我的鞋，一边踩一边说：“让你穿假阿迪，让你穿假阿迪……”

到今儿个我也没弄明白，我穿双假阿迪招她惹她了。

[08]

2012年，再次见到西北女。

那时我换工作，四处面试，总盼着有个比青稞酒更好的机会。她打电话来，说人力部门备选简历中有我的名字，她将自己当时所在的那家公司吹上天，鼓励我一定要选上。

我照她的吩咐，打扮得人模狗样的去见他们领导，他们领导三句话不离她的名字，称她介绍的人一定不会有差错，最后我报出薪资要求，对方语气收敛。

我行至地铁口，问她：“为什么要介绍我来这儿？”她一脸失落地说：“你是个好人，我一直当你是朋友。”

傻姑娘，她不该认搞写作的人为朋友，就算我真有资格，她也应该第一个就把我忘了。

[09]

2012年后，只追求过一个女孩子。按理说我不该说这个，这属作者隐私，而且基本可以断定，我将来会后悔。

她未嫁，我未婚，我自始至终明白她不会像我喜欢她那样喜欢我，但我愿意用艰难的时光去等她这样一个姑娘。她话不多，能让我这种话多的男人安静下来，另外，她也三十岁了。

我至今连她手都没牵过，在一起聊得最多的话题却是出轨，这太莫名其妙了，简直荒诞。我在自己的书里说过，恋爱中的青年男女聊婚后出轨，是件尴尬的事，未确定恋爱关系的青年男女聊婚后出轨，是场灾难。

“等我发达了，我要睡一千个女人。”

她坚持我说过这句话，我坚持我没说过这句话，我印象里我不是会说出这种话的男人，何况我面对的是位知识女性。我也许是开错了玩笑，我开过很多玩世不恭的玩笑，比如英国有位摇滚明星叫莱米，记者问：莱米，杂志上说你睡过两千多个女人，这是真的吗？莱米义正词平地反驳：瞎扯淡，杂志上的话怎么能信，我只承认睡过一千多个。

“我婚后不会出轨，我敢说这句话，因为出轨代价大，尤其对孩子，我喜欢孩子，我不能忍受自己的孩子恨我或看不起我，那样我漫长的下半生将是场折磨。有人说孩子是十秒钟快感三十年烦恼，婚后出轨就是十秒钟快感两辈子烦恼，我有一大堆破碎家庭出身的朋友，我见识过他们对待父母的糟糕态度。”

讲完，顿时觉得口气好假，我讲的是真话，但我怀疑每个男人面对这种话题口气都真不起来。

她照旧信不过我，一个油腔滑调的男作家，无论他说过多么深情的话，他一定对其他女人说过。她草草道：“我要睡了，明天还有很多工作要做，晚安。”

问题是，亲爱的，明天是星期天好吗？

我开始努力地忘记她，然后频繁地梦见她。我在梦里大喊：“你省省吧，他根本不是真心对你，像你这种相貌平平又矫情的姑娘，除了我，还有谁会真心对你！”她还是挽着人家的手走了，临走前狠狠瞪了我一眼。另一个场景中，她挽起我的手，眉目间锁着浓浓的不情愿，我说：“我们去吃雪糕好不好？”她说：“吃个屁。”

我间接证明了自己爱她，无助式地爱她，爱一个人最显著的标志就是无论你多么装蒜，她瞬间令你丧失安全感，她不在你身边，你胡思乱想，她在你身边，你紧张得连句话都说不真。

“你看看我做的那些梦，要不你和其他男人乱七八糟，还当着我的面，要不你跟了我，却不是因为爱我，而是认命。”

“那你觉得我是那种会认命的女人？还是那种乱七八糟的女人？”

我答不上话，我错了，不管人家是否爱我，我都不能凭主观意念去界定人家的人格。

在她心里，我是一颗定时炸弹；在我心里，她何尝不是。

[10]

2016年，一个久违的外地老朋友发来信息，出于对我的信任，她将她的苦恼倾囊相告。她喜欢上一个有妇之夫，认识了两个月，从未有过肌肤之亲，尽管有两次真的睡在同一个房间，昨晚，有了肌肤之亲。

我问她：“他说过为了你甘愿离婚的话吗？”她说：“没说过。”我说：“他配不上你，忘了他，从现在开始。”她说：“我想想。”

翌日，她发来信息，告诉我她决定忘了那个男人。我对别人私生活指指点点的作为，的确不雅，但我没道德压力，因为我真的把她当朋友。

坦白说，我不喜欢婚姻，婚姻和政治一样，是场取舍运动，没有魄力和境界，不能轻易签下这份契约，签下去，红线一根根亮起，君子、败类，自此一线之隔，这是件挺残酷的事儿。我理想中的婚姻，是吴敬梓式的，最不济也得是李小龙式的。吴敬梓年逾不惑，家道中落，没个正形儿，同行嘲笑他老婆丑，他回击说："你们看她是糟糠，我看她是宝贝，每天都有说不完的话。"李小龙年少成名，娶了相貌平平的琳达，很多人说他此举符合中国人传统的择偶观，女星们纷纷炒作与他的情谊，拿不出个像样的证据，世人皆知，婚后的布鲁斯·李把主要精力放在折腾自己的肉体上，1973年，折腾死了。

茫茫人世，我们遇到"说不完话的爱人"与成就"走火入魔的事业"的概率极低，大多数人的一生，不过是充斥着乱七八糟的过去，接受一段认命式的婚姻，在太多不情愿与硬头皮中慢慢葬送自己，最后，沦为别人头顶上一团快活的空气。

你在追求幸福对吗？切记不要让幸福毁了你，尤其那些能让你笑出来的。

2016年6月9日完稿，"年华三部曲"之一，收录于"ONE"，此文被豆瓣网重点推荐，引起较大反响。

穷

[01]

2012年，我有一位从事软件编程的男同事，南方人，普通话带着浓浓的江浙口音。此君是个好人，喜欢谈心，也喜欢帮大家解决电脑问题，不过我对他最深的印象还是“国家大事”，你和他谈什么都可以，就是不能当着他的面讲西方有多好，或者埋怨中国有多差，不然他会跟你急。

2016年，我有一位从事软件编程的男邻居，南方人，普通话带着浓浓的江浙口音。此君也是个好人，喜欢做饭，也喜欢帮大家解决生活问题，不过我对他最深的印象还是“国家大事”，你和他谈什么都可以，就是不能当着他的面称赞中国有多好，或者埋怨美国有多坏，不然他会跟你急。

我没有任何埋汰南方人或IT工作者的意思，只是觉得这是当下大部分中国青年人的写照。生活上，大家都很朴素、勤劳，且乐于助人，有着传统中国人的美，可一旦涉及体制、文化议题，无不透着寡知与偏激，有时，生活中的不幸所导致的怨愤也会附加在这些寡知与偏激上。

作为一个相对年长的人，我告诉我这位可爱的邻居：“没必要争论这些东西，我们只要明白人类发展的一个基本规律就行了，这个规律就是：解决物质需求，同时开始解决精神需求，物质上，一代人就可以富起来，精神上，两三代人都不一定富起来。物质层面没有解决，不可能有像样的精神追求，甚至连基础的理性都不存在，物质一旦丰富，精神需求自然就来了，挡都挡不住。”我接着问他：“你是乡下人吗？”他回问：“什么意思？”我说：“我是乡下人，乡下人比你们城里人更理解穷。”

邻居心怀不服，快快离去。不能苛求二十多岁的人什么都明白，谁二十多岁的时候不存在寡知与偏激呢？孙猴子年轻的时候不也当过弼马温吗？

[02]

穷是万恶之源，如果你没穷过，你不会明白。

日本有一部著名的老电影，叫《楢山节考》，故事很简单：古代日本，有这么一个乡下地方，因为粮食短缺，成就出一个可怕的风俗，凡是活到 70 岁的老人，统统送到山上等死，并将此渲染为美德，儿女们不送老人上山，会被全村的人看不起；老人们上山等死，是与山神同眠的荣幸。

故事最后，大儿子痛苦万分地背着自己老母亲上山，一路步履沉重，望着山顶上的累累白骨，更是心如刀绞。母亲气定神闲，落地后云淡风轻地挥手让儿子回家，在母亲眼里，踏上这座山，是她人生的圆满。

过度贫穷，导致的不只有生死的残忍，还有更多生活中的丑陋与不堪，这点无论小说还是戏剧都有着细腻的刻画。如果我们细数文学与戏剧中有关乡土题材的著名作品，大都充斥着不可理喻式的暴力、野兽式的性欲以及悲苦的处境。

从广义上来说，穷分三种：物质层面的穷、精神层面的穷、相对意义上的穷。这三种穷在过去三千年里一直是人类文明的最大障碍，也是各个民族、各个政权最棘手的问题。从个人角度上说，如果一个人出身贫寒不名一文，那么如何解决物质层面的穷，便是其一生最基础的追求，这个基础搁浅，再多的精神需求也无从指望。

[03]

和大多数人一样，我对穷的第一感知，也来自自己的故乡，作为标准的中原乡下，我的故乡曾经很穷。

先说穿衣。

我十岁之前，乡下妇女们仍保持着用老式纺车和织布机纺织粗布的习惯，粗布，被当作被褥的面料使用。普通人家的衣物都是手工做的，集市上论尺寸买来布匹，找裁缝量身设计，十五块做条裤子，三十块做件上衣。自家种的棉花，塞进自己缝制的外套，唤作“袄”，全家一人一件，老大不合身了，老二穿，老二不合身了，老三穿，老三不合身了，棉花掏出来做个新袄给老大穿。

再说食物。

人们能吃饱，却吃不好。每家每户隔三岔五蒸上一锅窝头，白面与玉米面混合的“花卷馒头”几乎顿顿有。初冬，人们将菜地里的萝卜和大白菜拉回家，萝卜洗净置坛腌制咸菜，大白菜堆进地窖储存。一盘炒白菜，一屉蒸馒头，一碗棒子面儿粥，就是传统农家的一顿饭。

最后是娱乐。

彩色电视机凤毛麟角，只有村干部、磨豆腐的、做包工头的家里有彩电，大多数农家守着黑白电视机，即便是黑白电视机，也未做到完全普及，孩子们围着商店柜台上那块十四寸黑白屏幕叽叽喳喳叫个不停。那是露天电影鼎盛的时代，村子里红白喜事，主家花钱雇乡里的露天电影队前来捧场。晚饭过后，大街上拉起幕布，大喇叭一遍遍广播，男男女女搬着板凳走出巷口。乡下露天电影还是比较开放的，武侠、警匪、喜剧、战争，统统商业大片。偶尔，也放放《烟雨长河》这样的国产情色片，村里大喇叭事先广播“不许小孩子看啊”，小孩子们哪里管得住，照样搬着板凳走出巷口，只是他们大多数人不理解为什么剧中的男女见面不到两句话就开始摔跤。

听起来，这似乎是当代小资们歌颂的那种“青山绿水原生农”的和谐生活，可它不是，它充斥着太多的辛酸与暴力。

[04]

今天的城里人是很难想象二十几年前中原农家的收入的。

一户人家卖一头猪，得三百元，这三百元置于案头供全家人朝拜。民办教师一个月的薪水是一百二十元，发薪水的日子，他们大赦班上那些捣蛋的坏孩子。工地上搬砖提泥、赤膊劳作的工人，一天薪水五六元，大家排队应征。那时候九年义务教育尚未普及，小孩子上学要掏学杂费，一学年一百元的学杂费，难倒大半个村子的家长，实在没钱了，家长们驮着一袋粮食去学校。村里集资修路，学校成为收费点，每户人家的孩子上交50元，不交，便威胁退学，家长们实在没办法，再驮一袋粮食去学校。娶一个媳妇，花费五千到一万元，埋葬一个老人，花费三千到五千元，借东墙补西墙，是农民最常使用的理财方式，借不到钱会怎样？亲事被退，老人停尸，你哭，哭也没人借你。

今天的乡下人也很难想象二十几年前中原农家的风情。

电视、电影，毕竟属于文雅娱乐，乡下人更多的娱乐方式是喝酒、赌博、偷情、打架。每个村子每年都会有一到两次大集，大集是农民采购高端生活物资的重要方式。逢大集，村里请来戏班子，村边搭台唱戏三四天，大集当日，四方亲戚来投，主家酒肉款待，年轻人喝醉后上街约架，刀光剑影，至血方休。唱大戏、吃大席、逛大街、看打架，是大集的固定娱乐项目。

家族间的争执，一般也以打群架的方式解决，届时男女老少齐上阵，骂街的骂街，动手的动手，挥汗喷沫，一致对外。这种事情，最后都由基层干部解决，轻易不会有人去报官，打官司需要钱，不到万不得以，没有人会为了一点人民内部矛盾去动用那点可怜的积蓄。旧时乡间隔三岔五停电，大家拿着手电筒去街面上晃荡，期盼着能欣赏到打群架和骂大街，其发生的概率是如此地高。

这就是二十年前靠近四线城市的中国农村，其物质生活和精神文明建设处于当时整个国家的中等水平，比它优越的，是吃着火腿肠逛着公园的城里人，占全国总人口的10%。比它凄惨的，是温饱问题尚未解决的偏远山区农民，占全国总人口的10%。

我对中国农民极度穷困的最后一次感知，是2001年的暑假。同乡一位青年跟随公司领导去陕西省出差，归来后描述他们接触到的西部山村，他说那个地方的人一日三餐吃的是蒸小米，很少有机会吃到白面，公司领导给村长带过去一箱方便面，村长全家如获珍宝。

二十世纪九十年代中期，故乡迎来历史性巨变，几里外的城郊出现大批生产板材的小型工厂，接着，工业区成立，男女老少化身产业工人，起早贪黑上班，一夜之间甩掉了农耕经济。二十一世纪初，故乡的面貌依旧是乡下，但基础物质生活水准已经和十几里外的城里人没什么两样，物质层面的由穷变富，故乡只用了不到十年。同时期，中国四分之三的偏远乡村解决了温饱问题，五分之一的乡下人摆脱了农耕经济，后十年，大批农民进城务工，中国城市常驻人口与乡村常驻人口的差距迅速缩小，轰轰烈烈的城镇化时代来临。

[05]

对于“穷”的理解，中国人往往两极化，一方面，无数人歌颂穷人的善良，一方面，无数人埋怨“穷山恶水刁民”。旧时代乡下穷人们的作为也的确两极化呈现，他们善良，他们也刁蛮，善良“Nothing to lose”，刁蛮“Nothing to lose”，反正是个穷，“穷帮穷”，有助于人情的累计，“穷欺穷”，对方也不能怎么样。

作为穷人家的孩子，我自小见识过穷人的善良：邻居的照顾、亲戚的体贴、路人的施舍，等等等等，类似的温暖能一下子击穿你的心房。但穷人的善良毕竟薄弱，大多时候，感受到的依旧是由穷激起的恶。

乡下缺钱，争强斗狠一般只能靠人口，于是男丁多的家族称霸，他们横行街市，欺男凌女，无人敢言。这些人好吃懒做，大都靠着赌博敲诈为生，并用赌博敲诈得来的钱贿赂乡官谋取职位，然后一干就是十几年。当了官的村霸们不再靠赌博敲诈为生，他们有了更多挣钱的道儿，比如贪污计生罚款，比如贪污土地征收费用。

乡下缺钱，吝啬与不仁成风，富人们利用手里的钞票笼络一部分穷人欺压另一部分穷人，当你所在的家族物质上处于下风，事事都会处于下风。对于一些不合理的要求，你只能忍气吞声，你斗胆反抗，会被众人孤立，甚至遭到驱逐。

电视剧《大宅门》里有句台词："这年头儿，只要你穷，什么冷的热的都离你远远儿的。"这其实是相当委婉的一句话，大多数穷人一旦有了钱，身边的穷亲戚们便成了拖累，他们极尽挖苦嘲讽之能事，只求穷亲戚们与自己划清界限。

我有一个姑姑，亲姑姑就这么一位，自我小学毕业起，她便与我们家断绝了来往。作为新生代，我对这位姑姑没有丝毫怨言，可我母亲有，用她的话讲，这位姑姑也是穷人，她抛弃同样穷苦的弟弟，只为选择站在富亲戚一边。物质贫富导致的亲人反目，在中国底层社会中屡见不鲜，其乐融融的家族，往往是贫富差距较小的家族。

2012年，我在天通苑居住。傍晚下班，路过小区门口，遇到一位枯瘦的大妈，她推着一辆旧自行车，车上一只破竹筐，竹筐里是待卖的干果。一位操着异地乡下口音的老保安对她进行轰赶，站在她车前大声斥骂，大妈扶着车子，欲走还留，眼中一半是恐惧一半是哀求，她显然舍不得这份微薄的收入，可她身单力薄，被斥骂下连句话都不敢回。这是我近些年来见过的最心酸的场景之一。那位大妈眉宇间与我的母亲有几分相像，我怒火攻心，冲上前去试图与那位老保安理论，可我随即冷静下来，即使我打了人，打的也不过是另外一位穷人。

2015年，媒体披露广西一位打着慈善旗号的色魔，此人笼络善款，资助贫困地区的女孩子读书，同时玩弄这些女孩子，甚至强迫她们去做雏妓。舆论四起，色魔服法，却不是一个完美的结局，因为正在读书的女孩子们集体失去了经济来源，她们曾哭着鼻子面对那些男人，如今哭着鼻子面对那些学费，她们依旧因为“穷”而生活在黑暗之中。

“穷”带来的辛酸是道不尽数不完的，有时候这份辛酸过于漫长，使人几乎望不到彼岸。物质极度匮乏的前提下，“尊严”“道德”“修养”“胸怀”显得力不从心，中国人讲“衣食足而知荣辱”，衣食都不足的穷人，为了一点基础生活所需铤而走险，或违法，或被违法的人操控，在任何国家都再平常不过，你可以用法去制约他们，用道德去批判他们，但只要他们还在穷，你就无法左右他们的选择。

[06]

物质层面的穷解决了，精神层面就一定富裕吗？当然不是，前面说过，物质上，一代人就可以富起来，精神上，两三代人都不一定富起来。短时间内富起来的穷人，大部分并未摆脱“穷”的阴影，直白一点讲就是：穷过，穷怕了，穷到骨子里。

我的故乡东部，是广阔的平原，因地势较低，被称作“东县”或“下县”。长久以来，故乡的人们是瞧不起下县人的，这大概有两个历史原因：一、下县人远离市区与工业区，经济上相对落后；二、下县世世代代务农，做生意的、当工人的甚少，以至于小农意识强烈，用故乡人的说法就是“小气”。

2000 年后，故乡爆发了多起本地女与下县男联姻的“事故”。故乡的姑娘，进市里打工，与下县的男同事恋爱，继而谈婚论嫁，故乡的老泰山们自然不甘心自己的女儿“下嫁”东县，即便孩子们承诺婚后在市里买房子生活。百般劝说无用，两代人争执，父母气得半个月下不了床，故乡的姑娘们意志坚定地为真爱做着抗争，最终，她们赢了。

现代人看来，这是多么荒诞的事情！可在我的故乡，这份旧时代延续下来的歧视早已形成“文化”，“文化”如此悠久，烙印如此地深，以至于如此地不合时令。

类似的“歧视”还有城里人对待乡下人。我有位老同学，家境殷实，父亲是包工头，自二十世纪八十年代起便是其所在村落的首富。成年后，老同学进城工作，与城里一名女孩儿恋爱，女孩儿家长不贪图他家的富有，只嫌弃他是乡下人，结婚当日女方竟连一个亲戚都没有出现。

我母亲常常拿此事教育我，她边剥玉米边说：“你跟那些城里姑娘谈恋爱有什么好处，就算你有钱了，人家也不一定会瞧得起你，你就老老实实给我找个乡下姑娘吧！”

现在，母亲已不再要求我找乡下姑娘，而立之年，她只求我速婚，只要我结婚，娶哪里人，娶什么人，都无所谓。“父母之命媒妁之言”“男大当婚女大当嫁”“不孝有三无后为大”是比“歧视”更重要的“传统文化”。

关于“穷到骨子里”的笑话，我最常跟人举的例子，其实是台湾那个陈水扁。

阿扁出身贫寒，所在家庭堪称台南最贫困的人家。母亲为了供他读书，一次次地举借外债，家里一面墙，成了母亲的账本，借了谁家的钱，借多少，什么时候还，统统用粉笔写上，还完的债，再用粉笔划掉。阿扁读大学的时候，家里那面墙写满了。大学毕业后，他做了律师，用自己的收入为家人买了第一台电视机，接着，阿扁与一个富家女吴淑珍谈起恋爱。吴淑珍不顾家人反对，下嫁给穷秀才阿扁，为他生下一对儿女，接着为他的事业断送了自己的双腿。

二十年后，阿扁成为台湾地区领导人，坐在轮椅上的吴淑珍成为"第一夫人"。穷人出身的阿扁大肆贪污，嫁给穷人的吴淑珍大肆炫富，他们的女儿陈幸妤面对来势汹汹的记者，用一副乡下泼妇式的高分贝嗓音尖辣地回应。王朔曾嘲笑扁氏一门："陈幸妤挺可怜的，怎么找这么一对缺心眼儿的父母。说实话，吴淑珍也算是个医生的女儿，丫怎么玩儿得这么土啊，你有钱了，起码搞点字画什么的，还在迷什么金、钻……什么呀，这帮台南的土鳖！"

嘲笑扁氏一门土鳖的还有一个叫邱毅的台湾人，他给出的段子是阿扁的儿子陈致中与儿媳黄睿靓的恋爱史。话说当年陈致中追求黄睿靓，黄睿靓不接受陈致中，陈致中便带着黄睿靓去自家银行金库参观钞票。扁家藏着上亿现金，有的因为潮湿都发霉了，黄睿靓看完发霉的和没发霉的，接受了陈致中。

[07]

作为发展中的大国，中国的国情远不如窝在大城市里的青年们想象中的那般美好。根据世界银行提供的数据，2011 年时，中国的工业产值是德国的三倍、日本的两倍，超越美国成为世界第一。根据 IMF 提供的数据，按照购买力平价计算方式，中国在 2015 年便超过美国成为世界第一大经济体。但这些大数据的背后，是占人口比重 50% 的农民，是六百个国家级贫困县，是两亿贫困人口（按照世界银行定下的标准），是 70% 没有受过高等教育的青年群体。如果“富裕国度”的标准是：人人有衣穿、有饭吃、有房住、看得起病、上得起学。那么仅凭最后两条，中国离富裕还差得很远。

“穷”，依然是这个国度的第一难题，不管是物质层面的“穷”，还是精神层面的“穷”，抑或是相对意义上的穷。时至今日，中国西部与西南部依然有许多人没吃过方便面，他们的生活也充斥着暴力、悲苦、丑陋与心酸；中国都市中的“富二代”们依然习惯性地炫着富，数不清的女孩子甘愿坐在他们的宝马车后座上哭；城里人与乡下人被同一则谣言蛊惑，一窝蜂地跑去买盐，盐买光了，谣言也破了。一个奔向富裕的国度，没有必要妄自菲薄，因为幸福就在前方；一个已经富裕起来的人，没必要鄙视穷困，因为自己真不见得富有。

最后，是“国家大事”。那些我们羡慕不已的西方发达国度，哪个不是从“穷”走出来的？相比之下，中国人的致富善良多了，中国人在大工业化的时代，没有为了工业原料大肆对第三世界进行殖民掠夺，没有靠着他国的战争挽救自己国家的经济，中国人更没有通过一系列敲竹杠式的条约去大发战争财。中国的确很穷，也正在快速致富，作为中国人，我们真心希望自己的国家致富的脚步再快一点。

我那个步入中产的姐姐偶尔会跟我这个依然穷困的弟弟忆苦思甜，她说：“你记得吗？我读中学的时候，只有一双袜子，每晚洗完后需要放在火炉边，第二天穿上时十分温暖。”我对她说：“你只有一双袜子，我也只有一双运动鞋，鞋跟断了，我得自己想办法粘起来，不粘起来，体育课就没法上。”当我们人生中再不为一双袜子一双鞋子发愁，我们就算向着幸福迈进了一大步，起码，我们有了大踏步的理由。

你穷过吗？嗯，你一定穷过，那么，富起来吧。

2016 年 11 月 11 日完稿，此文被豆瓣网重点推荐，反响巨大。

我们都曾是一个深情的混蛋

五年前，地铁西直门站冲出一个女孩子，她拎着高跟鞋奔跑，一路行人驻足观看。

当时与她一同乘坐地铁的是老家的几位姐姐，也许还有她们的孩子。姐姐们并排坐下，像平日那样嘻嘻哈哈聊起家长里短，坐在一旁的妹妹望着她们一语不发，列车关门的刹那，她突然丢掉自己的亲人，起身去追赶那个前来送她的男人。

她迎着四月的风沙站在天桥上张望，像只被解放了的惴惴不安的精灵。

这是我知道的关于爱情最浪漫的一个段子，男主人公是我的前同事。前同事与隔壁公司这个姑娘交往了半年多，女方家里始终反对。后来，姑娘所在的公司解体，远在老家的父母听到消息后当即指示在京旅游的姐姐们带她回家，要她去参加一个事业单位的考试，言下之意，就是要她离开北京再不回来。姑娘当时身处异乡无产无业，跟男朋友一起租住在每月七百块的地下室，这种情况下她也迷茫起来，觉得自己在家人面前已经失去了争辩的能力。前同事同样不敢反对，他更没有底气，薪水还没女朋友多，他甚至都不敢去见女朋友的家属。

三年后，这对恋人分手了，分手原因与这个时代大多数恋人的分手原因一样——出轨。前同事换了工作，当上一家汽车销售公司的主管，并与这家公司的财务总监兼老板的妹妹关系打得火热，两人出差时干脆住进同一个标间。他后来给出的解释是：自己报花账被这个女财务总监发现，对方以此要挟做她的情人，说到底，是为了钱。我丝毫不怀疑前男同事对他女友的爱，那时候我与这俩人很熟，经常去他们的住处吃饭。我也不怀疑前同事对此事的解释，他历来率直，只是穷日子过久了，有点爱钱。

有了老板妹妹的袒护，前同事开始赚钱，经手的项目和差价再没人过问，不到一年就巧取豪夺了七八万，同时伴随的是他女友的大呼小叫与两人的分分合合。最终，2012 年情人节的前一天，前同事下班归来，发现女友不见了，这姑娘辞掉工作换掉电话，自此消失得无影无踪。

《骆驼祥子》里有句话："爱与不爱，穷人得在金钱上决定，情种只生在大富之家。"祥子是拉车的，前同事是卖车的，他们殊途同归，最后都栽倒在老板家的女人身上。这不由得让人想起那句要命的俗论：都市里的底层人不配拥有爱情，即使他们短暂拥有了它，也不过是藏在兜里的一颗干燥的炸弹。

我认识的第一个支持这个俗论的人是我表哥，2007 年秋天，在京创业的他请我和我大学同学在立水桥附近吃饭，席间教导我们说："好好拼事业，事业未成前不要恋爱，恋爱会消磨一个男人的野心和勇气。另外，就算找了个漂亮的，以你们现在的条件也很难守住人家。你想想看，一个二十多岁的女孩子，再铁石心肠也受不了有钱人天天车接车送，届时，你就不重要了。"

前同事就是个漂亮的小伙子，简直又高又漂亮。他有了钱，有了车，还在丰台买了期房，只是再没交过女朋友。我最后一次见到他，是2012年冬天的一个饭局，当时他已演变成一个标准的混蛋，穿着笔挺的西装，抽着带金嘴的香烟，装腔作势地与半桌子人神侃。他数遍世界知名品牌的概念车，扯够金融与电商的关系，眯着眼睛嘲笑我与另外一个男孩子没有女朋友。他说："我现在住的地方跟好几个大学挨着，那边租房子的全是读研的和学外语准备出国的女学生，有兴趣了跟我说，我免费给你们介绍几个。"

那天他喝大了，我们几个人把他送回家。他住在四环附近一所高档社区，家里像快捷酒店一样单调干净，我走遍客厅和卧室的每个角落，连双拖鞋都没找到，最后只在床头抽屉里发现一堆他前女友的照片。回地铁站时，另一个老同事对我说："我告诉你，别信他那些吹牛的话，这人可他妈没德行了，平时老朋友有事找他帮个忙，他从来都说没空，他却有空开着车拉着微信上认识的小妞四处乱逛。前些天他喝醉了，跑到他前女友家里，结果被人家老公堵在楼道里打了一顿，搞得警察都找上门……"

一个穷小子有了钱，并不一定能立刻化身高贵，他往往要盯着那些钱看上好一阵子，这就是惯性思维。当人们极度缺乏一样东西，或对一样东西渴望许久，就会产生一种扭曲的价值观，仿佛除了那样东西，其他任何事物都不再值得留恋。

但我的这个前同事，还想要回当初爱他的那个姑娘。他的世界充满了白花花的银子与水灵灵的肉体，可他那张恶心的面具下面依旧藏着一个无处申诉的灵魂，他的痛苦与悔恨无法用钱和女人去平衡，他只能默默地和这座城市一起干枯，同时期待着时间带来的诸多的美好的遗忘。

前同事算是给所有将“性”与“爱”分开来看的男人们上了一课，因为你不能确保你爱的那个女人也这么想。事实上大多数女人都不会这么想，男人们也不愿自己的女人去这么想，所以，这只是一种自私。

我也曾是个自私的人，也在2012年经历过一次分手，不管你信不信，那姑娘是我真正意义上的第一个女朋友，与前同事相同的是，我的这段经历也跟钱有着千丝万缕的关系，且三败俱伤。

那是段地下情，没办法，大家同一家公司上班，她做销售，我做策划，平时出入都装作普通同事那样简短地招呼。办公室的地下恋情很有意思，需处处小心行事，否则极易被同事发觉，很多被公之于世的办公室恋情都源自极小的疏忽，比如两人上班带同样的饭菜，或一方被上司训斥另一方坐立不安。

她不允许我在别人面前露出一丝马脚，这是她与我交往的原则之一。作为销售，她不想让竞争对手和客户知道她在恋爱，她对我说："你应该知足，女销售员会和很多男人搞暧昧，但只会跟一个男人上床。"

我只想和她上床，她面容一般，身材极好，偶尔会到楼道与我一起抽烟，言谈举止没有丝毫忸怩，我喜欢这种性格的北方姑娘。当然，我也能感受到她的心意，每每聊天，她看我的眼神总会有些迷离，这份迷离越发浓厚，直到我们上了床。

与我媾和前，她刚刚与同居五年的男友分手，据说分手原因是男友的求婚。当时她站在厨房里反问男友："你拿什么娶我？"男友尴尬无比，略带不忿地说："反正你也知道我的条件，我买不起北京的房子。"她说："你还是再想想吧，什么时候想好了什么时候再来问我。"

没等男友想好，她就提出分手，并以男友和另外一个女人的聊天记录为借口将其赶出了家门。

我见过这个男孩子的照片，是个黑黑瘦瘦的小帅哥，爱笑，笑起来很温暖。她的闺蜜告诉我，这个男生其实不错，一直对她服服帖帖，薪水如数上交，平日里也嘘寒问暖呵护有加。可他毕竟只是个剪头发的，每月只挣三四千块钱，这点钱要讨好一个嗜金首饰与苹果产品如命的姑娘确实有些吃力。他曾与朋友一起创业开过理发店，结果失败了，继续去给别人打工，也许正是这个原因，他的女友才最终放弃了他。

人们常说：只要还在奋斗的男人，都不能被叫作失败。但在一部分大龄女青年眼里，男人的奋斗是有期限的，并且很容易被定义为失败，而那些“失败”的男人，也注定在感情上失败。这年头，物质造就的感情裂痕往往可怕，它不会缩小，只会扩大，生活节奏越快，它撕裂的速度就越快。大家都还年轻，都还有重新选择的机会，都还有始乱终弃的资本。

站在人道主义的立场，我为我女友的前男友感到惋惜，他是个难得的好男人，他努力爱了一个女人五年。五年，在一个冰冷的冬天面露狰狞，接着功亏一篑。

我通过三件事情怀疑我的女友并不是真心爱我。其一，她远比我有钱，却处处要我为她的开销买单，她的钱包打开来足有一尺长，里面有数不清的银行卡和理财清单，但她遵循着“女人使劲花男人的钱是激励男人上进”的生活观，小到零碎商品，大到房租手机，统统都要男友付账，你一旦面露难色或掏钱慢了，她就冲你黑一整天的脸。其二，她工作外也接单子，交了很多有车的男性朋友，这些朋友帮她运货，事后双方在住处附近吃饭喝酒，每逢此时我给她打电话，她总是关机。其三，她与众多工作上的客户暧昧，那些人为了讨好她，在她生日当天约她出来共进烛光晚餐，并献上价格不菲的礼物，她为了这份邀请果断放弃与自己男友的约会。我冲她发火道：“你这算怎么回事！”她不服气地说：

“你从找一个女销售做女朋友起就应该知道有这一天！”

2012 年夏初的一个周五，她发烧了，我急匆匆请假打车将她送到她住处附近的一所医院，她不开心，她的初衷是三甲医院，而我这么做在她眼里只是为了省钱。在医院挂完号后，我和她一起去排队缴费，钱包里没了现金，我趴在窗口问：“这边能不能刷卡？”对方不耐烦地说：“这边只收现金，你快点，不行就下一位。”无奈之下，她走过来掏了钱，之后开始冲我黑脸，陪她打吊针时黑脸，陪她回家时黑脸，接着干脆黑了一个周末。

周一凌晨，我轻轻起床，洗漱完毕，收拾东西，顺便把桌上那把当初送给她做定情物的小刀一并放进背包。当时她的身体还没有好透，蜷在被下熟睡，没发觉出任何异动，总之，我用一种极其冷漠的方式离开了她。我乘地铁赶到公司，当即辞掉工作收拾东西走人。她在一次争吵中曾对我说过：“要是分了手，大家一个公司待着多尴尬，是你走还是我走？”

那天早上，奥林匹克公园广场下起大雨，我躲进一间廊棚歇息，不远处长椅上坐着一位遛弯儿的老人，他的口琴声断断续续，我的心碎得稀里哗啦。

站在女销售的角度，这个姑娘并没有做错过任何事情，她同样是有抱负的人、努力的人、可敬的人。一个外地女孩子，20 岁进城，27 岁凭一己之力攒够北京房子的首付，她已尽量不靠男人的钱去实现理想，她只是需要一个和她实力相差不多且听话的男人。可她还是失败了，她赌博式地选择了我这样一个男人，却没想到我同样不听话，我素来鄙视那些以物质衡量感情的人，我觉得他们是浅薄的短视的，他们物化别人，也注定会被别人物化，他们的一生都布满了物质的阴影。

我也无法怪她，因为我真心喜欢过她，事实上我也怀疑她有那么几个时刻真心地爱过我。分手半年多后，她主动找过我一次，我们一起吃饭一起看电影一起回家，整个过程她都扮演着不同昔日的温情，但我头顶始终萦绕着一轮轮争吵和一张张莫名其妙的黑脸，于是我只能继续选择忘了她。

爱情是什么，谁也说不好，前同事倒是在网上给爱情下过一个完整的定义，他说："爱情没有友情长久，没有亲情厚重，没有爱好执着，它不过是孤独的夜空飞起的一道烟火，绚烂，却也短暂，绚丽过后，只留下一地的碎屑。没有人愿意站在碎屑上去坚守一份信念，生活若讲究效率，便不再有坚持，看看镜子里的自己，望望街上奔走的人，大家早已习惯了在算计与妥协中生活。"

很可笑对不对，这样动人的话竟然出自一个被爱情折磨得焦头烂额的男人，可谁又能保证那些清醒的人会不戴面具地去评说爱情呢？或者还有谁会闲得无聊去探讨爱情的本质？大家更关注的不过是如何在算计和妥协下生活。

当然，作为在算计与妥协下生活的我们，同样需要一个戴着面具般的安慰，那就是我们不必再迷信爱情，我们既然不能预知心动的临界点，也无法预测它们肆虐的时间，那就好自珍重吧，不要为了一道烟火去放弃自己的尊严，因为届时你可能只剩下了尊严。

2012年的夏天，我做了一个梦，梦见自己去追一个多年未见的姑娘，姑娘轻盈飘逸，很快就在大道尽头消失，我怅然若失地回过头看，是一片高槐，满树，都开满了白花。这个姑娘2009年冬嫁给一个富商的儿子，2011年春离婚，她和我一样，都曾是个迷信爱情的人，也都用过世俗的手段去玷污它，我们不配拥有爱情，只是因为我们是一个混蛋，而混蛋，就别做梦了。

当我不再年轻，也不再漂亮，你是否还会爱我；当我一无所有，只剩下一个悲恸的灵魂，你是否还会爱我。

——送给老韩（韩旭），以及所有失恋过的男人。

2014年11月13日完稿，收录于“ONE”，亦受到豆瓣网重点推荐，反响巨大，众多网络电台对此文进行了录制与传播。

我 的 大 学

[01]

我曾经有个习惯，在新环境迅速忘记老伙伴。很多人说这是自私，其实我很早就觉察到缘分的阶段性，缘尽不可强求，只要还在成长，昨天的骄傲也许就是明日的笑柄。比如学校这种东西，就是个半胁迫式的群落，你没有权利选择班级，没有权利选择师长，没有权利选择下铺的室友，毕业后总会有人注定不再相见，区别只是谁先忘了谁。

淅淅沥沥的秋雨天，我被分到全校设施最好的宿舍，占好下铺，咬着苹果，看着一个又一个陌生男孩跟随家人走进来，他们和我进来时一样，捧着蓝色被罩和迷彩军服。之后半月，是无休止的踢正步、站军姿、军事理论，偌大个操场，秋老虎肆虐，上万名孩子在烈日下哆嗦。我至今都认为大学军训是件无聊的事情，老师和兵油子在小孩子面前要够威风，却只给他们留下黝黑的皮肤与满腔的鼻屎。这种官僚味极浓的运动，实际上只存在一种价值——选美，镶满黄土的军帽下，姑娘们集体失去魅力，突然闪现出一张动人的脸蛋，这便是系花了。

军训结束当天，宿舍区出现凄凉一幕，一个女孩子哭着鼻子在老父亲的带领下跟几名女同学依依不舍地道别，大家说这个女孩子家里条件不好，与老家世族的儿子有婚约，家里没同意她上学，她私自拿着通知书前来报到。

师大生源多来自三线小城和底层农村，贫困生规模庞大。贫困生在这里的定义已不是拿不出学费，是连借都借不到的那拨穷孩子。他们大多出自西部山区，全家靠着坡上几亩耕地生活，兄弟姐妹好几个，还有帮冷血的穷亲戚。拿不出学费，要申请贫困生资格，等待助学贷款，而即便是功德无量的助学贷款，也不是天上的馅饼，毕业前你必须将它还清，不然就没有学位证。

学费有着落后，生活怎么办，靠着师大每月45元的学生补助根本不够活，你得去刷盘子、举家教牌、拖图书馆的地、上富家子弟的车。总之，靠一己之力完成四年学业。当然，作为老字号地方名校，师大也有贫困生奖学金和助学金，可这些东西不会普度所有人，它们时不时还会去临幸那些拿着高档手机穿着名牌鞋帽的家伙。我有一个勤奋刻苦的同窗，期末拿到贫困生奖学金，校方二话不说先送他一个价高质次的MP3播放器，扣去播放器剩下的钱给他打到私营食堂的饭卡上，想套现，只有将饭卡折价转让。这种变着法儿侵吞善款的事情在校园里屡见不鲜。

在师大，我算不上贫困生，但敬佩那些勤工俭学的学生。家姐上大学时，家里困难，她一边申请助学贷款，一边将所有节假日利用起来打工，同时她还是校学生会的主席。我中文系最好的朋友小高没申请到贫困生资格，更没有助学贷款，他的学费是向几个高中同学借的，而后他做家教，做餐馆服务生，同时兼着两三个工作。他哥哥来省城找工作，没处落脚，住进他宿舍，他以一己之力养活着两个人，身体和精神时刻面临着崩溃。

晚十点，小高做兼职归来，睁着无神双眼，踩着凌波微步，我端着脸盆跟他打招呼，他一脚踏空楼梯，差点魂断当场。与小高同社团的一个小个子女生也是贫困生，在校外餐馆做迎宾女招待，我和同学逛夜市路过她身旁，她笑着与我们打招呼，我们回来时她依旧站在晚风中跟我们打招呼，只是那张脸分明哭过。

我从没怀疑过贫困学生的未来，他们的艰辛与他们的学生身份一样，都是暂时的，都会有结束的一天。但我着实为他们的心灵担忧，日复一日尊严的丧失，人生观价值观会不会扭曲——他们完全有资格扭曲。当然，对贫困生的解读还有很多，比如一些三好学生就冲我说："中国人太多，大学师资又有限，不应该只看到贫困生的生活难处，也应该看到国家扩招政策给予更多年轻人接受高等教育的机会。"这些三好学生里也有贫困生，他们可能永远都不会相信这个国度多数教育机构第一运作目的是盈利，其次才是育人。中国大学有着不逊于英美的专业数量，却没有足够专业的人才，我们处处学着西方，最后只学了个样子，很多本科生的课程本可以压缩在两年内上完，却逼着他们交了四年学费。

四年后，我毕业了，顺利拿到学位证。我找到辅导员，问道："我们是学设计的，为什么给我们文学学士证？"她说："哎呀，咱们学校文科类只有这几个学位颁发资格，有你的就不错了，你还挑。"

[02]

我出身不好，加上顽皮，从小到大没上过什么好学校，也没遇到什么好老师。小学他们拿柳条子抽我，罚我去北风呼啸的门口站着。初中他们当众挖苦我，将我画的四格漫画撕碎后扔进炉火。高中他们干脆把我爹叫到学校揍我，我被揍急了，却不能揍爹，只能当着他们的面哭了。

大学老师显然比中学老师和蔼许多，因为这种地方没有升学压力，学生成绩的优劣不会影响到他们的收入，加上学生们正值娇滴滴的年华，他们尽可能地与学生们打成一片。

我们辅导员是个年轻的姐姐，音乐学院刚毕业的研究生，活泼可爱，笑靥如花。她虽是师长，却也是个孩子，擅长当众唱歌跑调和手绘各种惨不忍睹的儿童画。这个大孩子辅导员被学生传诵最多的是她的择偶段子。她身家显赫，父亲是将军，母亲是教授，哥哥也刚刚晋升中校，简直不可一世。她公开自己的择偶标准：

有长相、有才华、有大钱，满足其中两条即可参选，所以至今也没听到她结婚的消息。

作为传播学院的艺术生，我们有着全师大最新潮的领导。院长本是名画家，写生季跟着学生一起上山下海，到了晚上，他还会怀着浓浓牵挂不顾小伙子们赤裸的胸膛溜进男生宿舍进行慰问。他拉开灯，摆出白酒和烟草，嚷嚷道：“都起来都起来，才几点就睡觉！”学生有不抽烟的，他照发不误，嘴里唠叨：“不抽烟算什么男子汉。”学院新调来的副书记，比画家院长更加年轻，嗓门儿更加洪亮。他原是校长秘书，因办事利落得到提拔，同时他也是石家庄知名司仪，平日里开着私家车到处参加红白喜事赚钱。他的代表歌曲是：“这个人就是娘啊，这个人就是妈……”每次在学校大舞台唱这首歌总能震翻全场，站在远处的外学院学生呆呆站着，真以为台上这位是总政歌舞团来走穴的。

男生最喜欢的，永远是体育课。师大的体育课根据志愿调配，每个学期都要填写自己的体育志向，包括我在内，多数人第一志愿永远勾选舞蹈，但最后总会被筛选到其他课程。我没有气馁，孜孜追求，第四次在表格上勾选舞蹈，终于被分到了散打班。散打课是所有体育课中人气最低的，不是说大家不喜欢格斗，实在是害怕那个散打老师。他是学校体育部主任，他的课不论男女上来就是几十个俯卧撑，不标准，就踹你屁股，下课，再做几十个俯卧撑，还是不停地踹屁股。散打老师喜欢边抖动肌肉边讲述他见义勇为斗歹徒的故事，他一遍又一遍地教育我们不吸烟不吃酒每日坚持晨练便可如他一般健美。2006 年冬日清晨，人们在单杠旁发现他的尸体，脑溢血。

春末夏初，师大女生集体开始饿肚子，因为游泳课又要来了。蛙泳是师大的必修课，但平原子女，着水就紧张，一个个的窝在浅水区发蒙，游泳老师扯着一脸的横肉说："怕什么，都给我往深水区走，一脚把你们踢过去喝几口水什么都能学会。"我们蛙泳考试最终全数通过了，包括那个游了半截儿实在撑不下去换成狗刨儿的学生，游泳老师在岸边扯着一脸横肉不停地鼓励他："你他娘的快点儿刨。"

大三后，再没有了艺术课与体育课，只剩下软件课与理论课，于是我开始频繁逃课。我连班会都不参加，整日闷在图书馆和宿舍里，笃信图书馆随便挑本书都能秒杀那些虚张声势的理论课教授。可即便是理论课，也开始减少，渐渐地，传播学院变成青年疗养学院，大把的课余时间、接踵而至的节假日，让那里的学生更加散漫与堕落。我们班有一个神一样的女生，四年里，她只有开学交学费和期末考试时才现身，大家都说她和她的警察男友云游四海去了，可就是这样的家伙，最后也顺利参加了毕业答辩。

师大的毕业答辩，同样是走过场，老师们根本不看学生从网上下载的论文，只是象征性聊聊天，就算通过。也许是我"逃课王"的招牌太大，坐在对面的两个老师准备好好释放一下成见，他们一脸不屑地说："王云超，哈哈，你小子，我给你们上了一个学期的课就没见过你几回，现在设计类工作竞争多激烈啊，就你这个样子，以后能不能吃碗饭都不好说，你好自为之吧。"

五年后，从别人口中得知，当初嘲笑我的两个答辩老师，一个因为和女学生"约炮"差点挨打，一个做生意失败头发掉光。读书人不一定都有出息，更多读书人的心胸与性格决定了他们的一生不过是个微不足道的小人物。在我眼里，那两个狗眼看人低的答辩老师还不如当初教我们马哲课的焦老师，焦老师除了在课上大声介绍自己是传播学院唯一姓焦的老师，再无其他事情供我们回忆。

[03]

谈恋爱，是大学最著名的景观，每个中学时代饱受压抑的人，一上大学便迅速脱下裤子。家境好的，追求长相姣好的。家境一般的，冲身边姿色一般的下手。糟糕的性启蒙教育，使中国大部分大学生的爱情观远不及他们的下半身成熟。很多大学生的爱情，根本称不上爱情，不过是一堆粉饰过的性欲与赤裸裸的虚荣，不甘心躲在厕所自慰的男生，被言情小说迷得晕头转向的女生，携手品尝真正的禁果。尝完，上瘾，开房租房，直到其中一方腻了，找个漂亮的借口离开，留下另一个在原地迎风流泪或破罐子破摔。

相比那些坐在网吧角落搜黄图的外学院男生，艺术系男生十分幸运，大家都有自己的电脑，可以利用蜗牛般的校园网熬夜下载A片，然后光明正大地在机房交换U盘。A片几乎占据了师大艺术系男生四分之一的时间与精力，这种氛围下催生出来的男女交往，也基本以肉体的喜厌为标准，那些“高富帅”级别的艺术系男生，成为各大艺术类学院的山大王，他们恨不得将所有能追到手的漂亮女生睡个遍。

因为对摇滚乐近乎疯狂的追求，我无暇他顾，很快就成为班上刺眼的单身汉。大二上半学期，山区贫困生都有了妞，他们从出租屋泄欲归来，自然要冲单身汉耍耍优越，趾高气扬地站在床头说：“超，你怎么不找个女朋友啊？”我说：“没有不要紧，但也不能凑合啊。”这句话很快传到他们女朋友耳朵里，女朋友们一下子全急了，大骂我是王八蛋。

长久以来我都有严重的中文系情结，这可能与自己喜欢文学并且家中几个姐姐都是中文系出身有关。入学师大时，我就混进中文系文学社，结交了一大堆中文系的学生，但不到半年就和他们结伴滚了出来。大学社团，是个和军训一样无聊的东西，它只能成就一两个人的学分与威风，其他大部分时间只是个意淫官场的游戏。

社团的中文系女编辑出于挽留，也出于怜悯，主动介绍她们宿舍最后一个单身女生给我。与我约会的中文系姑娘，长相、气质、成绩均属一流，她知道我私下在搞文字创作，提出阅读要求，我思考再三，还是将含有自己身世描写的随笔集送给了她，之后她就没了人影儿。她向我叙述过她的身世，她是三线城市的市民，也出自小户人家。父亲早年嗜赌，几乎败光家产，其母生于贫苦也醒于贫苦，平日里常常告诫女儿：男人都靠不住，攀枝要攀高枝，嫁郎要嫁金郎。显然我不是什么金郎，连个银郎都算不上，这着实气坏了她。

我托人传话数次，终于在舞蹈系练功房后见到了她，那时候我并不知道她放弃我的真正原因。一路旁敲侧击问她缘何如此，她鼓足勇气，停下脚步，望着我说："咱们还是做好朋友吧。"我说："不行。"她说："你怎么这样？"我说："就不行。"自此，不复相见。

据说这个姑娘随后又搞了两次对象，想必都是家境殷实的男生。可不知为什么，也都无果而终。总之，她也失败了，她为此付出的不仅仅是贞节，还有学业。同宿舍的其他女生都考上了研究生，她只能拿着一纸本科文凭回老家任教，接着火速相亲，嫁给当地一个二百多斤的"富二代"。

几年后，提起这个中文系姑娘，社团的老同学们直言她有这样的结局也算不错。但我还是为那份长相和气质惋惜，作为一个少有的知性范儿的姑娘，她不应该只得到这些。

老同学们提供了更多的八卦，说这个姑娘生了娃娃，做了母亲，各类聚会，从来都是一个人参加，还是喜欢摆出一副高贵的架子。她喝完酒后喜欢对身边的人抱怨，抱怨过去，抱怨现在，抱怨所有曾令她付出过的东西。她注册了两个 QQ 号，一个号码扮演贤妻良母，一个号码贴满黑金属摇滚和极端自由主义的绘画，她一遍又一遍地对人诉说着“婚姻就是长久地忍受痛苦”。

有人说：女人是爱情最大的消费者。可现实中很多女人并不迷信爱情，她们更迷信物质带来的生活。女人的物质，源于中华千年的男权，生产资料由男人把持，女人就不容易得到尊重，选择更好的男人成为她们唯一可追求的人生目标，也是她们唯一的安全感，薛宝钗这样冰雪聪明的女子也只能把前途押在男人身上。

所以，我不恨那个中文系姑娘，每个人都有选择生活的权利，我也不再诋毁大学生的恋爱。这显然低估了大学生的心机，一部分大学生确实付出过真心，比如我这样的；一部分大学生也远比我想象中成熟，比如那个最终得到了金钱的中文系姑娘。

与中文系姑娘分手的当晚，石家庄下了四十年来最大的一场雪，我望着窗外灯光中凌乱的雪花，几乎心碎了。这段夭折的感情给我价值观带来的毁灭性冲击影响了我许多年，我再不敢轻易相信女人，再不敢轻易触碰心灵，一个人穿着盔甲走到了今天。

[04]

尽管遭遇过有史以来最严重的一次情劫，如今回忆起大学，我还是会告诉人家我的大学是幸福的，因为我有摇滚乐。

为什么总会有人在青春期迷上这种吵闹的颓废的音乐，也许真像某位朋友说的：这些孩子的童年太糟了。不幸的身世让我们比同龄人早一步见识到人性的丑恶，也早一步学会了独立思考。对我们来说，摇滚乐带来的不只有感官高潮，还有一扇重新认识世界的窗口，没有人再去听那些无病呻吟的港台流行乐，也没有人再去信那些虚伪的主流教条，大家拥有了属于自己的诗歌与哲学，拥有了属于自己的追求快乐的方式。

红旗大街，石家庄最知名的高校区，也是省城最知名的夜市，这地方只有一样商品与我有关，就是打口唱片。作为最后一代打口青年，卡带、CD、音像店、地下演出、摇滚杂志几乎占据了我全部课余时间和全部零花钱。那个时候的师大，整届中文系也不见得有五个人知道大卫·鲍伊（Darid Bowie），更不会有人理解为什么要花钱买这些残破的卡带和光盘。

当年石家庄有三处著名的打口店，分别是倚梦、极端音乐以及金旋律。我对倚梦的感情很深，不光因为这个店在师大旁边，也因为他们光明正大在货架上摆打口唱片。倚梦店员是老板娘的弟弟，也是个人见人爱的小帅哥，他每次看到我都会递一支烟笑着打招呼。他蹲在地上，拧开功放，陪我一起聆听 Tiamat 的专辑，曲酣，指着窗外的雾霾天说："你看，这种天儿配上这种音乐，多带劲儿！"

可惜，我们赶上的只是打口时代的小尾巴。2004 年始，铺天盖地的 MP3 蠢蠢欲动，喜爱音乐的青年有了更多获取国外音乐的渠道。很快，倚梦开始为客户提供下载服务，金旋律也摆上了空白盘和刻录机，卡带、CD 彻底被淘汰，我们亲眼目睹了唱片工业的陨落。

因为品位的独特，我在学校的朋友不多，基本都是通过摇滚乐小圈子认识的，分散在不同的学院不同的班级。那几年，我一直扮演着摇滚乐迷召集者的角色，穿着重金属的 T 恤戴着耳钉四处奔走，在校园二手市场摆摊卖打口带，在社团报纸写有关摇滚乐的文章，在其他学院宿舍发放摇滚杂志，甚至和朋友一起接受学校电台专访，用公共平台向全校师生播放 Merallica 和 Pink Floyd（平克·弗洛伊德）的歌。但这些举动无一不是徒劳，没有人响应我们，反倒是我们参与编辑的报纸停了刊。

我最后一次在公众场合传播摇滚乐，是学院的送老生晚会。当时我背着一把破吉他走到舞台中央，低着脑袋演唱一首改编自鲍勃·迪伦的民谣，台下小马扎上坐着数百名大一新生，远处角落围着数十名大三大四的老生，他们一个个地盯着我，等着我出洋相。我唱到一半，台下开始"嗡嗡"作响，显然大家不喜欢这歌，也不喜欢我，他们多么希望我演唱的是乌龙节目表上的那首《同桌的你》。

演出结束后第二天，我在机房观看晚会录像，发现自己在台上傻得不能再傻了，灯光把我的脸照得跟失去亲人一样，脸上腿上的大肉随着和弦上下抖动，活脱一胖乞丐民谣。我不忍心再看，走到楼道默默点燃一支烟，心想这是何苦呢，将来我要是成了伟人，这段录像还不得传疯了啊。

人都是这样，只有站在第三方的角度审视自己才能发现自己的丑态，就像我对师大各方面长久以来的抱怨，换个立场，这些都不过是一个偏执狂的成见，我和其他心胸狭隘的小人们并没有什么两样，我甚至比他们更可恶，因为我有太多泼妇式的一厢情愿。

我放弃了召集者的角色，伴随着无尽的失落，这份失落远胜当初那个中文系姑娘对我的遗弃。因为在我看来，别人的否定远没有自我质疑来得可怕，当你最引以为傲的东西不能给你带来理解与尊重，也就是孤独到了最深处的时候。我归还朋友的吉他，扔掉床头的摇滚杂志，重新回到图书馆三楼，整整一年趴在厚厚的书籍上睡觉，等待着这一切的最终落幕。

2005 年冬，某学院的学生手持棍棒冲出校门，光天化日之下打砸高教市场里的平民超市，蓝色碎玻璃和白色运动鞋散落在街边，无一人敢去打扫。2006 年秋，红旗大街夜市上发生群殴，十几个设计学院的男生追打一名校外摊贩，板砖泡着鲜血静静躺在路人的脚下。2007 年春，北宿舍一名女生从六楼飞下，原因是保研未果。同一天，河北科技大学也有一名女生轻生，原因是相恋四年的男友把她玩腻了。2009 年夏，音乐学院晚会舞台上演真实版“王子复仇记”，女演员谢幕时被上台献花的男生一刀刺死。

现实生活远没有摇滚乐真诚，却远比摇滚乐残酷。

大四，是就业的年份，已没有什么课可上，少数与老师关系好的学生获得保送，大多数学生自己制作简历在招聘会上投递。我得到一家广告公司青睐，成为班上首批签约工作的人，吓了所有人一跳。在他们眼里，我就是个不务正业逃课玩摇滚的败类，我这样的人，根本不可能有什么出息，更不可能走在他们前面。我搬出学校，去槐安路一处公寓租住，离校前，召来所有同窗，打开自己收藏的那一箱子打口唱片，说：“要毕业了，没什么送给大家的，大家认识我也就是从这些东西开始的，随便拿吧，喜欢哪张就拿哪张。”半小时后，箱子空掉，我的青春正式宣告结束。

我最后一次停在舞蹈系练功房后，透过灯火向内望去，女孩子们穿着统一的黑色紧身衣，扎着统一的马尾辫子，旋转着，跳跃着，细长的手指划破飘舞的光线，绽放的睫毛挑动流动的琴声，像一群恸哭不止的精灵。

[05]

昔日的大学同窗，如今从事了各行各业，靠祖上关系进事业单位的，回老家做人民教师的，在私企公司做小主管的，开网店搞创业的。时光飞逝，岁月匆匆，男人们开始发福，女人们开始变形，有房的结婚，没房的也要结婚，接着为孩子的户口发愁，为事业的出路焦虑，为爱人的不忠愤怒，为亲人的逝去伤神，有些人在股票大盘前手舞足蹈，有些人万念俱灰站到了天桥边缘。仅仅十年前，他们都是那个跟着家人踏进师大校门的一脸羞涩的孩子。

我一直在思考一个问题，男人如何才算成功，男人们向往妻妾成群车库并排随从遍地，是钱，是地位，是声名，那有了钱有了地位有了声名以后呢？人生是不是只剩下了吃喝玩乐或者说人生本来就是吃喝玩乐。当年在一起玩摇滚的美术学院的小哥们儿毕业后丢掉画板剪掉长发在高教区支摊卖起女装，不出两年就开了分店，三年后更是买到曾经梦寐以求的天价限量版电琴，可他还会弹吗，还有时间弹吗？他会不会摆出一副恶心样子直接告诉别人他买这把琴只是为了证明他有能力买到？中文系的贫困生小高，毕业后选择去遥远的塞北教学，选择塞北，不是因为那里的马奶酒和烤羊肉，是与世隔绝的环境，他期望着坝上的清风能一点点洗去他往日的耻辱与伤痛。五年后，他洗完了，吃胖了，用公积金买到当地一所两室一厅的房子，可他随后跑到北京，告诉我他受够了那个地方，他想去大城市发展，他甘愿为此辞去教师的工作、卖掉新买的房子，只要能走出那片草原。

2010年，我在通州遇到两个八十年代末出生的男孩子，其中一人是我同学所在公司的少东家，也是他的直属上司。这些人在我的住处冲我显摆他们的奥迪车，显摆他们的漂亮女友，显摆他们能够熟练演唱周传雄的歌以及熟练偷取QQ农场的蔬菜。但他们不知道姜文是谁，更别提梁实秋、黑泽明、巴菲特、史蒂芬·霍金、米兰·昆德拉这些于他们如浮云般的名讳，他们生活得很幸福，他们会这样幸福地生活三十年，直到大厦崩塌。

2011年，我回到师大，那里盘给了其他学校，图书馆、文学院的牌子都没了，传播学院看起来也更加陈旧。我们当年入住的宿舍区，被当地政府收回后变成了鬼城，门窗生锈，灯柱破裂，杂草丛生，纸屑遍地，长长的树荫下，只有我一个人慢慢走着。我努力幻想着这里曾有过的无数的年轻的嘈杂的灵魂，却不过是一段与这里相似的凋零的往事。回京火车上，我对朋友说："北大清华的学生到60岁还能拥有母校和青春印象，河北师大的一部分孩子不再有了。"事实上，我的小学校址、中学校址也都不存在了，我和这个时代众多城乡接合部的孩子一样，正式成为"没有母校的人"。

2012年，我破例第一次参加师大老同学的聚会，也最后一次失望，在场所有人的言谈举止尽显阿谀与势利，市井之态远超我的想象。讽刺的是，他们也指责我变了，说我变得世故、变得冷漠、变得虚伪。我告诉他们，我真实过，只是他们忘了。那天的酒刚喝到一半我就提前离开了酒店，独自一人去逛后海。前井胡同的尽头，我邂逅一双黄绿相间的袜子，我盯了它很久很久，离开时又情不自禁地哭了，它如此眼熟，我竟想不起谁曾经穿过，是男生还是女生，是我曾经爱过的人吗？他们穿着这双鲜艳的袜子在风中游走，像团燃烧殆尽的火焰。

2013 年平安夜，我终于梦到了那个中文系姑娘。她远远站在舞蹈系练功房后等我，依旧那么年轻，依旧那么漂亮，我笑着走过去，告诉她我愿意做她的朋友，她也笑起来，问我将来有什么打算。我说我要去北京，她说为什么，我说也许那里有特别的东西，我会在那里租房，在那里工作，甚至爱上那里的一个姑娘，我还会忘了她，忘了师大，忘了自己来自什么地方，因为缘分是有尽头的。

——送给所有河北师大西校区的老生们

2010 年 12 月 24 日完稿，2014 年 3 月 8 日修正，收录于“ONE”，反响巨大，是作者的成名作之一。

你像我见过的那个男孩

[01]

2007年夏，石家庄，我抛下新买的自行车和抓狂的邯郸老板，揣着五百元钱，提着一张军被、几件衣服走向火车站。我忘乎所以，仿佛远方有我的爱人。

公交车车窗外的五环，阳光刺眼，天空荒凉，地面肮脏，新开张的商场挂满彩旗，一派农贸市场的喧哗。我在陌生和不安中，下车，进村。昌平的中滩村，歪曲的小街，拥挤的小店，水果、零食摆在外面。这村子是外来小生意者的天堂，住满打工或准备打工的学生、工人、农民。村子里房屋密集，最高的不过四层，多为临时加高，北京人管这个叫“吃瓦片儿”。村子深处有一户人家，院子也盖成屋舍，通道只够两人并行，主房是个筒子楼，有深邃的通道，通道两侧分布着数不清的房门。三楼是顶层，只有一排屋子，出屋门便是宽阔的天台，天台上拉满绳索，挂满被单衣物，五颜六色，迎风摆动。先期到京的几个大学同学就住这里，克和雷一处，辉子和女友一处，辉子屋的外间住着他小姨子小喜和男友，外间全部家具就是一张小床，再无其他。

起初，天台帮的情况是这样的：克在上班，大学老师介绍的排版工作，月薪两千余；雷在择业，意向是3D设计；我在择业，意图放弃设计专业，改学活动策划；辉子在择业，意向是影视后期制作；辉子女友做小文员，月收入千余；小喜在一家小的图文中心做设计，月薪千余；小喜男友不知道是干什么的，只亮了个相就滚蛋了。

我下榻克和雷的住处，三个大小伙子睡一张床。克个头比较大，实在受不了，向房东借来一块门板和几十块砖头，自己在大床旁搭建了一张吱吱嘎嘎响的小床。我们三人分摊每月六百元的房租费用，外间有煤气罐，村里有菜市场，我开始掌勺，天台帮生活质量瞬间提高，我掂锅性感专业，获得“炒王”称号。

天台帮很温暖，晚上各自摆好桌子，在天台上吃饭、聊天、开玩笑，有时还能欣赏一轮满月。吃完饭，站在天台边缘四望，周围尽是高低不等的小房子和明明灭灭的灯火，近处的巷子，远处的大街，从未间断过的嘈杂，一个偌大的布满生灵和廉价食物的贫民窟，也许十六世纪的巴黎就是这个样子。

每天上午，我和雷去辉子家上网投简历，因为只有他的电脑能上网。作为刚毕业的大学生，我们没资格挑选用人单位，几乎有招必投。隔天，招人单位电话打来，不管什么地方，都过去，坐公交车去。那是2007年，北京还没有地铁十号线和四号线，五号线也是刚刚开通，地铁站甚至还有打眼票。两个月内，我和雷踏遍京城每一处车站，烈日、乌云、像卷着冰棍袋子的风，生生把人折磨得现实了，清华科技园内，“炒王”仰望苍穹，深感蝴蝶飞不过沧海，燕雀殒毙于浩谷。

两家设计公司要我，试用了半天，我就冒着冷汗跑出来，满脑子都是数月前在石家庄设计公司昏天黑地地加班改稿的情景。四个月后，京城进入冬天，我去海淀区上班，学做项目，基本月薪一千五。执着于 3D 设计的雷，万念俱灰，回了邢台老家。

我下班早，路过菜市场买菜，然后做饭，吃，剩半锅给克。半夜去一楼上公厕，隐约听到楼道里此起彼伏的叫床声，满满都是市井的诱惑。

[02]

第一家公司是给几个 IT 巨头做公关活动的小单位，只有我一个男生。与我同时入职的是大兰，坐我边上。大兰小我两岁，江苏人，美女，高个子，爱吃，吃不胖，说话嗲，真嗲，跟兰妈妈打电话也是这味，勤奋，好学，爱笑，傻萌。

几乎每个女人窝都盛产八卦，只要周围没人，一个女生就会说另一个女生的坏话，比如哪个妞被包养过，哪个妞爱过傻帽儿，哪个妞说反正也不是处女了，干脆婚前多玩几个男人。久而久之，你会觉得这家公司只有大兰一个好人，还是傻萌傻萌的。大兰住着公司附近合租房里的上铺床位，热情开朗，相信爱情。在外地工作的男友来京出差，丑，黑，胖，高，大兰笑嘻嘻地在网上订房间，下班后风尘仆仆地赶过去，第二天回来噘着嘴，说男友脖子上有唇印，问他，他说被别人拉去按摩了。我劝大兰分手，大兰挣扎一番，没分，几天后笑嘻嘻地在电话里跟男友发嗲。元旦长假，大兰赶去大连会男友，回来上班时噘着嘴，说男友屋里有女人住过的痕迹，而且她在他 QQ 空间带“老公”字眼的留言被故意删除。我劝大兰分手，大兰挣扎一番，还是没分，几天后又笑嘻嘻地在电话里跟男友发嗲。夏天再次来临，我开始厌倦这里，小公司已没什么可学，我渴望去大公司历练，我丢下正在进行的项目，打电话裸辞工作，女经理气炸了，在公司当众骂我。

家人得知我失业，急了，他们当初就反对我进京，现在更有了理由。表姐的公公是北京人，介绍一家生物科技公司给我，我赴约，接待者是个大肚子男人，他趾高气扬地说：“你是谁谁谁介绍来的吧？下周来上班吧，每月薪水两千三，如果做得好，我会给红包。”我出门就把这家公司忘了。此举招致大祸，家人与我彻底决裂，两月不接我电话。我当时兜里只剩几百元钱，交完房租就得借钱吃饭。祸不单行，和我合住的克开始有所变化，记不清何时开始，他看我的眼神开始有点儿烦，只要我开口说话，他便冷嘲热讽，我不明所以，约他谈，他说想一个人住。这话一出，我的心就碎了，他是我大学最好的朋友之一，现在捅我一刀，我说我找到新工作后立刻搬走。

因为缺钱，我把积攒多年的摇滚 DVD 变卖了。我挣扎了一夜，还是卖了。网上登出消息，接到电话，见面，对方是个开名车的“富二代”，我受邀坐进他的名车，接过一支名牌香烟，听着他说：“其实你这些盘我大部分都有，就是缺那张九寸钉的演唱会，这玩意儿现在不好找了。”地铁站，我目送名车远去，开始恨自己喜欢了十年的音乐，觉得它不过是富人的玩物、穷人的辛酸。

那是我来京后最艰难的一段时间，众叛亲离，身无分文，几乎一阵风就能把我掀翻在路边。那段时间有两个人我至今怀想：一个是来京借给我一千元的高老师，高老师这份恩情比天大；一个是用浓重的湖南口音跟我电话聊天的黄小夜，时隔三年，我再次爱上一个姑娘。

很快，新工作落实，我离开了中滩村，扬言五年之内不见克。

[03]

灯市口的好滋大厦，整栋楼都在办公，密密麻麻地爬满了青壮男女。六楼东面是我的新东家，新东家西面是一家保险公司，内有数不清的办公桌和更数不清的座机电话。保险公司的孩子们大多是烟民，无论男女，定时去楼道吞云吐雾，且每两个月换一批新面孔，一问，原来的人离职了，去了哪儿，不知道。被问者苦涩地说："保险公司不都这样吗？铁打的营盘流水的兵，说不定下个月我也消失了。离开保险公司是好事，至少证明人家进步了。"

新东家招兵买马，很快也人满为患，我把正在找工作的大兰拉过来"落草"，她在我跑掉不久也离开了那家公关公司。当然大兰不是电话裸辞，是人道、和谐地离开，离开时也没忘和外地男友正式"古德拜 "。

我的老板是个白面、微胖的宝岛奸商，他将活动项目交给我和一名广西女生打理，于是有幸去异国他乡公费爽了一周。我在马来西亚云顶给大兰买了个布袋子。大兰没良心，拿着我的布袋子，转眼就在网上找了个其貌不扬的新男友。回国的飞机上，我们在睡梦中惊醒，机身剧烈颤动，播报员提示大家镇静，说飞机遇上强气流。我吓蒙了，双腿肌肉紧绷，算算时间应该在海上，如果是陆地，能迫降，海上，就是抱团死。凌晨四点钟出了机场，到处是参加奥运的各国代表团，我坐大巴回城，天亮时，北京站下起小雨，我看着眼前的一切，仿佛做了场梦。

奸商拖欠比赛奖金，很多东北赛区家长来算后账，奸商跑到珠海"小三"家躲起来。两月工资忘发，公司谣言四起，年轻人不干了，要搬走办公室的电脑和仪器，奸商听到消息后，急忙让北京的朋友给大家发薪水，大家一哄而散。一个电话打来，是著名酒企“粮王”的运营商，我不喝白酒，但机会难得，于是在冬日加盟，然后一做就是三年。

后来，灯市口的同事兼好友张大琳告诉我，奸商被抓了，他在南方继续做少儿艺术赛事活动，骗一帮大陆学生去台北参赛，学生家长至台北后抱怨住宿条件，怀疑自己受骗，当即报警。张大琳传来图片，奸商双手用上衣裹着，跟着警察向电梯走去。他因伪造文书罪被判了缓刑，后改了个名字打算东山再起。

尽管遇人不淑，可那段日子却是我来京后最美好的日子。我住在传媒大学南郊村落，生活空前解放。住了六个月，变成一百二十五斤瘦男，精神无比。夏天雨大，下班时地下桥水过腰身，我就顶着包游回来。上班走到地铁站需要半个钟头，还要经历恐怖的挤地铁运动，但我很少迟到。我很快乐，从来没这么快乐过，得到单位老板的赏识，和办公室同龄人嬉闹，在通惠河桥上看夕阳，在村口网吧谈人生。我花三百元在二手电器市场买了台电视机，熬夜看“欧洲杯”，最不方便的是中场休息时间上厕所，要乘着夜色穿过大街，归来时常常被路边的野猫吓一跳。“欧洲杯”结束后，我得了咽炎，严重的咽炎，大半夜咳得上不来气，有时实在上不来气，我就想万一咳死了怎么办。

村口网吧坐满“非主流”和“杀马特”，克在网上留言，请我原谅他，我原谅了他，他兴奋之余打电话来问候。

小夜打电话说："咱们结婚吧。"我说："现在什么都没有，拿什么结？"小夜说："咱们有音乐听、有书读就行了啊。"我说："你真幼稚。"

小夜不说话，我让她失望了，后来她找了别的男孩子做男朋友。

[04]

2008 年冬天，我和克在通州土桥附近的回迁房区合租了个两室一厅，八十多平方米，足够我们各自拥有自己的空间，生活自此进入平流层。隔年的元宵节，郊区几家工厂放烟花，我陪小区几个"正太、萝莉"观看，克回来，笑着说 CBD（中心商务区）一座大楼着火了，几条大街的人围观。

克在国贸附近一家游戏公司上班，做场景及人物造型设计，他喜欢画画，喜欢那份工作。克早上八点半上班，晚上九点多回来，吃完冷饭后接着画到一两点。那家公司没有双休，只有周日一天休息，他就窝在家大睡一天。克的书桌有两只抽屉，一只抽屉塞满各种画画工具，一只抽屉塞满各种非处方药。他身高一米八，从头到脚都是病，分别是：沙眼、鼻窦炎、咽炎、胃炎、痔疮、鸡眼。克也有不开心的时候，他望着我说："我们公司是做山寨游戏的，求量不求质，而且已经拖欠了三个月工资。”我说：“不至于吧？上次去你们那儿找你借钱，电梯我都不会坐，那么高级的地方还会拖欠工资？”克说：“高级？算了吧，人家老外的企业花三年开发一款《魔兽世界》，卖十年，咱们的企业花三个月开发一款《魔兽外传》，卖一年，高级的骨子里是本色啊。”我说：“也是，老外喜欢做品牌，咱们只会做产品。”克说：“难道白酒圈也这样？”我说：“这年头，哪个圈子不一样？”

克失业了，新上任的老板不想再趟山寨游戏这汪浑水，解散了团队，项目经理拿着文件四处寻找下家，一个月后，克跟着团队到另外一家山寨游戏公司上班。2010 年，克的鲜血顺着裤子流到脚面，他给我打电话说：“超，来医院看看我吧。”我说：“你怎么了？”他笑着说：“我被人‘爆菊了’。”我和几位大学同学赶到丰台区医院，克躺在病床上，依旧笑着说：“做了痔疮手术才知道，原来男人也有用卫生巾的时候。”

晚上，我光着上身靠床弹琴，发现对面楼上一对男女开着灯做运动，招式多样，地点多变，引人入胜。女孩子警觉，扭脸看看窗外，呼啦一下拉上窗帘。我放下琴，寻思自己是不是该找个女朋友了。

两天后，做运动的女孩子挽着另一个男生的胳膊在小区超市出现，两人笑容甜蜜，对话暧昧，我极度震惊，对女人的信任瞬间跌至谷底。

一个独居的北漂女孩子，七点半起床，对着镜子捯饬到八点，踩着高跟鞋挎着包，边吃早点边走向车站，排队，拥挤，香汗淋漓，上班打卡，笑着和领导打招呼，笑着和客户打招呼，笑着和同事打招呼。笑累了，招呼累了，打卡，回家，连做饭的力气都没了，躺床上发呆，盯着电脑屏幕发呆，穿着睡衣、光着脚站在地板上，一口气喝下一升白开水，回到床上，侧身卧下，拿起手机和刚认识的男网友寒暄。午夜，空调里的风变冷，窗外的灯变亮，醒来后再无法闭眼，她开始幻想，幻想街头的偶遇，幻想旧爱回头，幻想闺密的男友，幻想自己的教练。

我没有资格去评说女北漂，事实上这些女孩子的生活压力、工作压力远大于同龄的男性，她们的激素也远没有他们强悍。

新单位领导及同事对我很好，只有那个销售经理比较恶心，明明是河北人，强装一口京片子，处处摆架子，很多工作推给我做，我不喜欢他，也不屑于理他。一年后，销售经理被辞退，我这才发现公司没人喜欢他，他是那种典型的职场小人物，这种人几乎每家公司都有。小人物做不了大生意，也容易耽误大生意，销售经理离职，公司业绩翻倍，公司的人情味和安逸度冠绝京城，连前台姑娘都长了肉。

小夜辞掉南方的工作，孤注一掷地跟着男友进京，刚来第二天，就哭着鼻子来找我。她分手了，分手原因不说，只是哭鼻子。我心乱如麻，扯一路闲话哄她，不奏效。回到住处，我去厨房做饭，她挨着行李坐在沙发上继续哭，哭完走过来告诉我，一会儿一个朋友来接她，她要回长沙。

遭遇情劫的小夜回长沙后不再与我联系。2010年春，我梦见传媒大学和通惠河，恍悟，决定向她求婚。我上线找到她，问她最近好吗，她说嫁了，我说啥时候，她说去年冬天，瞒着家人和一个男生领了证。她很得意，我大脑一片空白。小夜是我屈指可数爱过的姑娘，也是唯一一个匆匆一面就诀别的姑娘，我曾幻想有天我老了，在最初相遇的地方等她，她来了，她也老了，身边跟着一个忧心忡忡的南方老头儿。

除了小夜，2007年我在新浪博客上还认识了另一个喜好文学的安徽孩子，他很穷，特别穷，博文几乎都是描写自己童年、少年以及青年时期如何穷的。2009年年初，这家伙突然看破尘世，写下最后一篇博文，卖裤头去了。

[05]

克搬走后，我留在了通州区，找到临河里附近一个三居室合租。我的邻居都是猛犸奶业的员工，“猛犸们”热情大方，周末经常在客厅聚餐，并邀我蹭饭。我不喜欢海鲜火锅，也不喜欢主卧姑娘的男友。这个戴眼镜的贵州男生在海淀区工作，一周才来这边一次。电视机前，我和“猛犸们”吐槽时事，他打断我，故作深沉地说：“我告诉你，有些事情不知道要比知道的好。”我回敬说：“是啊，这世界有很多人和你看法一样。”可怜的眼镜男，挣的钱没女友多，朋友没女友多，见识也没女友多，常被闹分手，闹完再求和，结果还是分。最后一次分手时，眼镜男带着弟弟前来收拾东西，站在客厅里气势孱弱地与女友吵了最后一次架，双方亲友团彼此用恶毒的语言挖苦对方的不忠史。

“猛犸们”对我单身不解，介绍“龅牙女猛犸”一枚。我和“龅牙女猛犸”吃了顿饭，第二天就被人家拉黑，其他“猛犸”怕我难过，解释说这个姑娘刚离职，要回老家工作，想找个在石家庄有房的。我说：“噢。”交电费时，我在农行认识了一个理财公司的河南姑娘，清丽、知性，很像我当年喜欢过的那个中文系女生。我约她吃了两顿饭，两顿饭后果断终止来往，因为我无意中发现她同时和很多男人暧昧着，目的只是推销自己的理财产品。

和众多国内企业一样，多数底层出身的姑娘在这个时代里缺乏安全感，所以将物质条件看得很重，这很正常，也容易理解，就像二十多岁的男生习惯用下半身思考爱情一样，并不需要从道德上过多追究，只是大家耗费了太多精力在大房子、大汽车、大胸脯上，忽略了男女交往中最质朴同时也是最重要的东西，为未来的另一种悲剧埋下了隐患。

我大概每年都要回一次石家庄，学长海利的窝是我在石家庄唯一的据点。海利不迷信北上广，毕业后辞去工作，与朋友合伙开了公司，接着发了财，在当地结婚、买房，他唯一的苦恼可能只剩下公司的改革与股份。晚上十点，海利把妻子轰到隔壁，关上门，一包香烟，两杯清水，两个文艺男彻夜畅谈，历史、地理、时事、生活、书籍、电影、音乐、女人，甚至还有宗教和宿命，对于孤单多年、知己寥寥的我来说，这无疑是最开心的时刻。

克在丰台区请我吃饭，谈话间比两年前多出几分无奈。我们奔三了，这个年纪面临结婚、买房、生儿育女问题，我们身边拿父母钱付了首付、娶了媳妇并沾沾自喜的人越来越多，我们的生活观开始受到挑战。于是回到了一个老问题：我们为什么要来北京？为了摇滚乐？为了紫禁城？为了钱？为了机会？我爱这里，我在这里住过村子、住过楼房、交过朋友、爱过姑娘，但我的爱里分明夹杂了悲观。我甚至怀疑明天就会有一颗小行星出现在视野中，届时，街上的民工、白领、官员、乞丐将统统停下脚步，呆傻地仰望着天空那团光亮，所有的是是非非瞬间进入倒计时，接着在巨大的冲击波与射线中灰飞烟灭。

2009 年年底，我在地铁永安里站看到一个姑娘，我跟着她下车，跟着她出站，目睹她的碎花裙子在灯火处飘散，那一刻我突然恨起北京来，仿佛一个糊涂的人走了无数的路，累倒在一个陌生的地方。过去十年的我，就是漂泊，我似乎习惯了漂泊，就像我习惯了单身。我一直认为，只要我还单身，我就有着不切实际的爱情，只要我还在漂泊，我就有着不切实际的理想，但是现在，我想念当年一起成长的小伙伴，想念当年爱过我的姑娘。此时此刻，他们知道我在哪里吗？他们还记得我是谁吗？他们会不会已经在同样的异乡的璀璨灯火中成功忘记了自己是谁？

［06］

雷再没来过京城，他在邢台买了个二手房。辉子再没被媳妇埋怨，他回老家当了技校老师。大兰再没换过男朋友，她在南京成了家。克的痔疮没再犯，他升职后不复忙碌。海利再没为公司改革而烦恼，他的小说终于和偶像莫言登在同一本书上。更多的人选择离开北京，留在北京的也不再相见，北京太大，大得你真的可以忘了一切。

小夜来京出差，邀我吃了顿饭，她还是那么漂亮。饭后散步，我问她："你先生怎么样了？"她笑着说："骗你们的，我没结婚。"我无语，继续走，走啊走，走啊走，直到夜色从四面八方袭来，卷走了我对爱情的最后一丝眷恋。

一个东北姑娘大学毕业，对长春的工作环境不满意，辞了职；对长春的男朋友不满意，分了手。她不忿，她苦恼，她说她渴望一段轰轰烈烈的人生。我对她说："你来北京吧。"她说："为什么？”我说：“你这样的姑娘适合大城市。”她说：“我是向往去大城市、大公司发展，但是大家整天都说北漂苦，我有点儿害怕。”我说：“你怕什么？你年轻、漂亮、聪明。北京就是这样一个地方，只要你年轻、漂亮，有野心，不怕苦，就能得到一切，至少，能得到钱。对于很多人来说，得到钱就意味着得到一切。”

2011 年夏末，我毅然离开了“粮王”，转投另一家更高端、更赤裸、更残酷的白酒公司。我二十八岁了，我想得到钱，我在这个时代不例外，只有拿钱才能留住一个不需要感情的女人，只有拿钱才能开始所谓的主流的美好生活。我无根无底，谁也靠不上，我得把自己豁出去，我得迎着风向前走，我得像三年前在地铁传媒大学站奔涌向前的人群那样，在这个本不属于我的地方挤出一块自己的领地。我成了，会开心，不成，也没什么，人生还有其他的东西，不是吗？

张大琳说：“我们不是看不起外地人，只是没什么好感。你们这些人，带着青春和才华，带着势利和手段，来到这里追求各自的利益，你们根本不爱这个地方，你们只爱这个地方的钱。你们为了钱破坏这里，把它搞脏、搞臭，搞得乌烟瘴气。你们背后都有个风景如画、满载回忆的故乡，我们呢？我们北京人去哪儿？你们达到目的就走，无情无义。”

也许有一天，我回老家了，选择去做一个有情有义的人，找一份安定的工作，认识个安静的小剩女，结婚，买房，生孩子，工资卡上交，和家人围在一起吃晚饭、看电视，每周和妻子做爱一次，每月参加孩子家长会两次，每季度陪上司出差三次，每年喝吐四次。我可能还会长胖，挺着大肚子与人争吵，滑倒在一个洒满夕阳余晖的街头，手里的酱油瓶子打碎了，酱油掺杂着泥土发出阵阵腥味，我迅速站起，环顾四周，拍拍尘土，若无其事地走掉。我还会记得京城吗？还会记得永安里站那个姑娘吗？我想我会记起来，我会重新站在那片璀璨灯火中，想起自己其实是谁。

[07]

送给所有北漂和结束北漂的朋友，送给所有爱着京城和爱过京城的朋友。

2011 年 9 月 5 日完稿，2014 年 8 月 11 日修正，删减版收录于“ONE”。

伊本无恨

学弟妹说得空聊聊张爱玲。

我非张迷，亦不观影。最后一次读张，是遥远的中学时期，这意味着我已记不清自己到底读过她多少作品，也忘记了大部分文句章节，但她的确是我读过的女性作家里最出色的一位，因为其他女性作家真的连文句章节都想不起来了。

所以对张的总体印象是好的，对张衍生出的诸多“文化”研究基本当笑话来看，这与《红楼梦》类似，《红楼梦》当然是一部伟大的著作，“红学”却成为笑话篓子。过分崇拜一件事物与过分憎恨一件事物一样，殊途同归地荒诞。

首先说事业层面，也就是写作。

张属于典型的天赋型作者，没看过多少中外名著，没进行过多少文学研究，十几岁的小姑娘出口成章，惊煞一帮半百老书童。自古文艺界就这样，后天派再怎么努力，都不及天赋型一朝灵感，有人读了万卷书写不出一个漂亮句子，有人只看了半部红楼梦就技惊四座。

写作题材上，张很少涉及国家、民族、文化、意识形态这些所谓的“大义”，基本就是小民生活。张习惯站在人性的中立面去思考这些小民，所著文字布满“冷”感，甚至是一针见血的“毒辣”，这份“冷”和“毒”成就了张爱玲的文学地位，她甩了同时代女性作家一条街，也甩了同时代男性作家一条街。

张在很长一段时间内被归类于“小资产阶级作家”，这帽子扣得着实平庸，张的生活方式在外人看来也许“小资”了点，但张在写作上并不存在鲜明立场，世人立场比较鲜明罢了。

张早期作品的水准的确良莠不齐，矫情、做作、阴柔、拘谨，甚至语意错乱时常有之，但以此抨击张过于苛刻，十几岁、二十几岁，对生活能有深邃洞察力的作者已属罕见，更不要说是个乱世中的女子。近现代史，绝大多数作家的成熟期都在三十岁后，三十岁前，没有几人能有张爱玲那样的水准，不管你喜不喜欢张的文字和观点，你无法否认这个水准。

接着是感情，聊一个女人，总会聊到感情问题。

每个人，一生中总会或多或少地爱错人，这没什么；任何人，甭管多精明、强悍，遇到感情都会头脑发昏智商下降，如同肌肉再发达的人也会得感冒，这很正常。

民间有语：先甘后苦的经历容易出作家，先苦后甘的经历容易出商贾。张爱玲生于破碎之家，自小缺乏父爱，遭遇过家庭暴力，以至成年后倾心于那些知性的、儒雅的大龄男性，发现爱错了，受伤了，难以自拔，拔出来，万念俱灰，遍体鳞伤，却依旧改变不了自己的审美倾向与爱情观。

感情面前，任何人都是自私的，这是常识，对于一个性情孤傲的女人来讲，这份自私只会来得更强烈。所以我一直看不起胡兰成，此君自持时尚、博学，骨子里荡漾的却是保守的男性沙文主义，玩过很多女人，却不懂女人，张爱玲爱得自私，胡兰成却自私得连爱都加以诋毁。

张爱玲一辈子，无论家庭、爱情、婚姻，运气都不算太好，好在活得洒脱，爱过的人屈指可数，除此之外，不稀罕、不在乎。张祖籍北方，骨子里确有一种“去你妈”的霸气。

最后是性格。

通俗说法，一个人的性格，有两个来源：长辈遗传与成长经历。如果成长过程中对长辈持否定态度，那么性格的定型基本只剩下了个人经历中的价值判断。

张爱玲性格中确有长辈影子，尤其那个西味很浓的母亲，但仍属独特。中后期作品可察，张是个有偏执倾向的、极度缺乏安全感的女人，从不轻易相信他人，一旦相信，倾心相授，接着又回归失落与冰冷，晚年洁癖与自闭症状更是十分严重。

不喜欢共产文艺，立刻逃走；生不起孩子，果断堕胎；看不惯媒体，给钱都不受访。与其说张爱玲这辈子活得“自我”，不如说活得“明白”，她知道自己喜欢什么，喜欢，不在乎世俗评判，不喜欢，果断舍弃。

给张戴“政治”帽子，比“小资”帽子更荒诞。张的一生，从未有过鲜明的政治立场。日据时期，她羡慕过日本式的生活；苦恋时期，为胡兰成说过话；土改时期，批判过激进的集体主义，最后在美国嫁给一个左派老头儿。怀有政治目的的人总把张爱玲往政治上扯，张爱玲本人却从没把政治太当回事儿。

张爱玲在大陆的境遇，与鲁迅在台湾的境遇如出一辙，1985年，大陆青年才知道有张爱玲这么个人，1987年，台湾青年才知道有鲁迅这么个人。作为二十世纪中国最重要的男女作家，两人同属自由主义者，却被政治绑架了数十年，张与周都擅长损自己的同胞，同胞也的确不争气。

1995年，张爱玲一个人死在了床上，以她的性格，她不会觉得自己是孤苦伶仃地走完了一生。

2016年3月15日完稿。

弟 弟

[01]

母亲是东县人，有三个兄弟五个姐妹，和她同嫁一村的是第二小的小姨。

从我有记忆起，小姨家就干杂货店。那时表姐和表弟小，姨夫在“大社”做伙计，大社以前是公家杂货铺，后来承包给个人。小姨怀着表妹，跟着做伙计的丈夫流离失所，连个固定住处都没有，东家借住，西家借住，到处搬迁，搬来搬去，最后终于在老街西边一处老宅固定下来，也开了自己的店。

有鉴于早年没有房产的悲苦经历，姨夫成了“房产控”，二十年间，他攒下每一分钱，到处购置房产，有些留着将来给表弟娶媳妇用，有些纯粹为了向往事复仇。

老家那边管杂货店叫“小卖部”，保留着改革开放初期的风情。凭着勤奋与实在，小姨家的小卖部逐渐成为整个村子最红火的杂货店，外村人都特意赶来买东西。这件事换成我会十分骄傲，表弟却不这么想，他硬着头皮在柜台处帮忙，他不喜欢这个生计。

母亲说，小姨曾经生过一个与我同龄的男孩儿，白白的大眼睛，比所有孩子都漂亮，可惜夭折了，小姨为此痛苦不已。七年后，小姨生下表妹，白白的大眼睛，比所有孩子都漂亮。

生完表妹，小姨便不再生育，家里固定下来的三个娃分别是大我一岁的小表姐、小我两岁的表弟，以及小我七岁的表妹。我们家和小姨家同属一条老街，我家在东，小姨家在西，相隔百米，两家孩子自小像一家人那样亲，表弟四岁起就跟我钻一个被窝睡觉，他肉嘟嘟的，又白又软，适合暖床，抱着舒服。

表弟四岁，穿一件印有七品芝麻官头像的背心，他指着背心说："机马关背星。"表弟这个萌物，整天嘟着小脸蛋跟在我后面，我去哪儿他跟到哪儿，丝毫不腻，有时候我腻了，回过头望着他，他低下头，手指抠着衣角，不说话。表姐自然跟我姐姐混，也是每天嘟个小脸蛋跟着姐姐走，姐姐走到哪儿，她便跟到哪儿。表姐到了上学的年纪，姐姐带着她去上学，她背着小姨做的书包，手里攥着个奶瓶。那时小学生上学有自己带水的习惯，教室窗台上常常摆着一排军绿色的水壶，表姐的奶瓶子赫然在列，这算是她儿时最著名的事迹。

表弟很乖，从不惹我生气，我却弄哭过他两回。第一次是找和他在院子里扔高粱秸秆玩，他被我丢出去的秸秆戳到头，揉着眼哇哇大哭。第二次是他跑来找我玩，恰逢我被父母训斥，心情差，冲他吼了一声，他耷拉着个脑袋走了。半分钟后，父亲带着他回来，大声斥责我："你干啥吼孩子？孩子来找你玩，你当哥哥的这么吓他，让他在巷子里哭！”我后悔极了，拉着他玩地上的泥巴，他脸上挂着泪珠，握着泥巴不说话。

表弟是个聪明的孩子，也是个贪吃的孩子。他在小卖部库房偷吃奶粉，用小刀在袋上划一口，手指含进嘴巴沾满口水，伸进袋子转几圈再放回嘴巴，这样半个月就能偷吃半袋子。姨夫发现表弟偷吃，给表弟脑袋上狠狠甩上几巴掌。姨夫家教向来严厉，表弟一犯错就会被打头，打多了，他习惯了，觉察到自己要挨打，立刻蹲好马步缩下脖子闭上眼睛紧咬牙关，一下，两下，迅速恢复常态跑出去。

表弟上小学四年级，他的爷爷死了，大街上搭起灵棚。姨夫是长子，负责穿重孝摔盆子，表弟是长房长孙，负责举孝幡儿。看到旁边举花圈的小朋友都拿到五毛钱酬劳，他问姨夫：“爹，我举这个给多少钱？”姨夫圆眼一瞪，表弟又挨了打。

[02]

表弟十二岁，升进我所在的那所中学。冬日凌晨，天还没亮透，我吃完母亲做的鸡蛋炒馒头，骑着车子去小卖部敲门，表弟吃完小姨做的鸡蛋炒馒头，跟着我一起上学。学校里，表弟小我两届，他天资有限，成绩一般，长得不帅，不会打架，在班上毫不起眼，遇见坏孩子他不敢吭声，在坏孩子眼里他也算不上什么威胁。

他喜欢动画片，喜欢漫画，十几岁的人了，脑袋里依旧只有动漫，作为长他两岁的哥哥，我试着向他推荐中学生喜欢的体育节目和摇滚乐，他试探性接触一下，转过头还是看动漫去。他衣着朴素，家里买什么就穿什么，从不挑剔，反正自己肉嘟嘟的穿什么衣服都一个样。他酷爱吃晚饭时和家人抢遥控器，抢起遥控器来小姨家乱成一团，父母斥责，姐姐拉架，妹妹大喊大叫，他用尽全身力气把遥控器高高举过头顶，最后妹妹赢了。

与吵闹的弟弟妹妹不同，表姐向来迟钝寡言，静得像一汪深秋的湖水，当年那个拿着奶瓶子上学的小姑娘长大了，变得亭亭玉立，当时没有人知道，她将是整个家族中求学最久的姑娘。

十八岁后，我进城学画画，十六岁的表弟前去遥远的沙河市上第二高中，自此大部分时间里失去他的消息。“十一”长假，孩子们回家，我前去小姨家帮着向房顶上送玉米，表弟不敢站得离房边太近，被姨夫一顿暴骂。同样是儿子，我和表弟在各自家庭中的地位相差悬殊，我在家里很少被父母、姐姐责难，表弟却是小姨家三个孩子中被打、被骂、被嘲笑次数最多的那个。

表弟依旧讨厌小卖部的生计，不愿在柜台帮忙，得空便往我家跑。无奈的是，前脚迈进我家大门，后脚小姨的电话便打来，母亲抓着电话对表弟喊：“你娘要你回去看门。”表弟无语，怏怏而归。有时表弟表妹一同前来，我拿起电话，小姨不等我说话上来就是一句厉喝：“叫他俩回来看门！”表妹道：“就不回去！”表弟怏怏而归。

表弟其实很能吃苦，为躲避在小卖部柜台帮忙，他每个暑假都跟着村里的建筑队去市里干活儿。清晨，雾蒙蒙的，他穿一件厚厚的破帆布上衣，跟一帮大老爷们儿蹲在路边等建筑队的卡车，卡车来了，搬工具上车，一小时后，在各种星级酒店旁边的工地上搬砖提泥，日薪二十元，回家全数交到柜台。这种工作我也做过一个暑假，其繁重与劳累超乎常人想象，每次回到家脑袋嗡嗡直响，吃完饭什么都不想干，就想躺下睡觉，且一躺就着。另外这份工作还有一个要命的地方，就是丢面子，城里的业主们歧视乡下农民工，动不动就咒骂与埋怨，农民工苦在心里，只能装作没听见。在这点上我是那样地佩服表弟，我不只一次想象着他在工地上忙碌的模样，他穿着布满水泥点的白色背心，步履蹒跚地推完一车混凝土，原路返回，靠在车把上望着一铲一铲装车的工友，望着陌生的城市陌生的人群，他的干劲儿更足了。

[03]

复读完毕，表弟考上了职业技术学院，学电气化管理。职业技术学院虽不是什么好学校，表弟却兴奋，他在那个地方依旧毫不起眼，依旧没有女孩子喜欢他，但他爱那个地方，他在家人面前不时地将他这份爱轻易地表露出来。

表妹上了高中，成绩一般且讨厌学校，她发现这个世界上不存在研究零食专业的大学后，毅然辍学，做起服装店导购员。表妹天生是导购的料，她有着天使脸蛋和修长身材，她还有张巧言令色嘚啵嘚啵十小时都不用喝水的嘴。

表姐还是那么安静，爱读书，只会读书，考大学，考六级，考研，考博，最后小姨怕她就此考出天际，适时地召唤她从南京回到老家做了高中教师。表姐25岁，没有恋爱过，更没有恋人，眼瞅着弟弟妹妹到了结婚的年纪，小姨不允许她成为家里的老大难，托人将她介绍给一个家产上亿的矿长的儿子。表姐不喜欢那个“富二代”和他的家庭，主动黄了亲事，小姨暴怒，与表姐冷战，表姐在万分痛苦中度过一天又一天。半年后，实在扛不住这份压力，她私自与市里一名父亲身患重病的男教师订了婚。

2007年秋，表弟大专毕业，回家待业。他23岁，家乡容不得这么大的单身小了，小姨主动给他安排相亲。勤奋的姨夫早已为表弟挣下家业，盖了大房子，攒足了彩礼钱，这些条件令媒婆们接踵而至。表弟相了很多次亲，没结果，长得漂亮的姑娘看不上他，长得不漂亮的他看不上，有些大学毕业的同乡姑娘张口就要在市里全款买房子，小姨表示愿意出这个钱，表弟却不同意，他说：“哼……”

2008 年夏，表弟来北京打工，其实就是晚上在停车场看车。他到传媒大学附近村落和我挤了一晚，他说："那边晚上很无聊，你有 MP4 吗？给我下载个《鬼吹灯》吧。"我那时候穷，只有一个 MP4，还只能听歌无法显字，我对他说："没有。"他说："唉……"

2009 年冬，表弟正式去故乡工业区的太阳能厂上班，他问我："我元旦结婚你能回来吗？"我说："我尽量。"其实我不想回去，不是说单身哥哥参加弟弟婚礼丢面子，实在是婚礼上父母会为我这个不婚儿子丢面子。

2010 年春，表弟不开心，他说他老婆也是被家里逼婚的，她不爱他，她不理他。表弟度日如年，半年瘦下三十斤，打电话问我："咋办？"我说："她也年轻，你是丈夫应该让着她，日子长了就没事了。"表弟问："男人应该是什么样的？"我说："一个男人，无论何时何地要拥有三样东西，第一是责任，第二是豁达，第三是怒火。没有这三样，男人就和断了经的女人一样彻底老了。"

又是一个冬天，路边的草冻得抖不起来，表弟开着三轮摩托从批发市场进货归来，路遇一个土疙瘩，咣当翻沟里。他挣扎，腿抬不起来，头顶火辣辣的，他干脆不动，十秒后他反应过来这是什么地方，挣扎，胳膊抬不起来，头顶火辣辣的，他干脆不动。他看到一大堆柜台从天的那一边飞来，在他眼前骄傲地漂浮着，接着压下来，压得他喘不过气，他缓缓闭上了眼睛。

没有人救他，荒天野地，公路旁是浩瀚的冬小麦，轮胎在空气中停止了转动，表弟双脚勾住车把头歪向一边，就这么瘫着。斗转星移，沧海桑田，不知过了何年月，乌鸦鸣叫着飞过去，虫儿从泥土里钻出头，人间又开始嘈杂，仿佛躲不过的一场轮回。

[04]

表姐生下儿子，表弟生下儿子，表妹嫁给同村的小帅哥后很快也生下儿子，女人们轮番抱着儿子去我家玩，严重刺激着我父母的神经，很大程度上，这帮人的婚姻与儿子催化出过去几年中我与家人堪称惨烈的逼婚战役。这其中唯一没有质疑我价值观的人是表弟，他的没心没肺令我大为感激，他只是盼着我过节回家，并不过问我结婚的事，他还时不时赞美我单身北漂的生活。

表弟二十八岁了，喜欢上喝酒，他变得和那条老街上的其他男人一样，下班主动找人小酌几杯。他厌倦太多的东西，可他早已失去表达不满的资格，他有父辈留下的殷实的家业，有漂亮的老婆，有可爱的儿子，有一份亲人介绍的薪水稳定的工作，他觉得这些都是别人给他的，他只是硬着头皮承接下来。他一辈子都在硬着头皮，硬着头皮去做，硬着头皮去习惯，接着害怕失去。

年底，小卖部活儿多，小姨、姨夫穿着围裙从早站到晚，表妹特意回娘家帮忙，表弟老婆也抱着娃娃站至柜台后面。晚上，表弟回来，将老婆身上的围裙换到自己身上，站到柜台后面，他的姿态、表情、口气，越发像当年的姨夫。

年后，表弟恢复朝八晚六的太阳能厂工作，下班后依旧出去找酒喝。反倾销浪潮下，他的单位在裁员，工资在下降，谣言在传播，他咬紧牙关，靠着酒精一点点顶住了这些。他也许打不过现实，但依然有梦想的勇气，因为他能半个月偷吃半袋子奶粉，他能把遥控器高高举过头顶，他能在烈日炙烤的工地上吃苦，他能爱上一个没有人爱他的学校，他能在没有MP4的夜晚孤独地坐在停车场，他能在一次严重的翻车事故中毫发无伤地存活下来。

那天，小姨家晚饭吃到一半，表姐夫接到医院的电话，匆匆起身收拾行装，姐姐问表姐："什么事儿这么急？吃完饭坐车走吧？"表姐说："医院那边的事儿一般都比较急，我们得先赶回去了。"街道旁，大门外，全家人目送，表姐夫骑着一辆破旧的电动车载着小表姐咕噜噜地远去，当时我望着他们，望着周围的家人，很难受。这是我们家学历最高的姑娘，最温和的姑娘，她不该是这个样子。那天晚上，我在黑暗中想起很多过去的事情，想起二十年前郁郁葱葱的老街，想起淅淅沥沥秋收后的小雨，想起孩子们脚下溅起的水花，想起孩子们背上飞舞着的书包，他们穿过半条街去找自己的姐姐和哥哥，在田野里折断一根根青色的秸秆，在墙外翻动牵牛花娇嫩的尖尖，他们默默地跟随着那个身影，然后在巷尾静静地哭泣。

我一直在想，是谁害了表姐？是小姨吗？不是，小姨爱她的女儿，这个家族里每个人都爱着对方，他们的爱布满了天空，使你无处可逃，他们的爱骄傲地飘浮着，压着孩子们，喘不过气。

2011 年 9 月 2 日完稿，2016 年 11 月 2 日修正，此文被豆瓣网重点推荐，引起较大反响。

千春，一个被上帝捉弄的日本姑娘

金井千春，日本乡下姑娘，为世人熟知的身份是情色产业从业者。过去三年时间里，她一度被评为“最悲惨的情色工作者”以及“最自作自受的日本女子”。

千春的诸多传闻，源于她在社交平台的自述性文字，自 2013 年至 2014 年，她接连爆料自己的身世与日本情色产业内幕，加上轰动一时的怀孕事件，令所有媒体与看客惋惜不已。

身世部分，千春有过一个简单的描述：11 岁因诱拐事件被传唤。14 岁作为处女被强暴，同年因盗窃未遂被调查。通信制高中读书，因学费滞纳而退学。18 岁签约参演情色影片。18 岁后固定两份工作，一份是情色片演出，一份是风俗店接客。

与众多问题少女一样，千春家庭部分很糟糕。她是家里的小女儿，是最不起眼的孩子。千春的哥哥暴躁贪婪，对自己的母亲恶语相向甚至大打出手，他霸占房间，将妹妹赶到客厅居住，带着女朋友回家大肆交欢。千春讨厌哥哥，讨厌他抽烟，讨厌他和女人乱搞，可父母对这一切无动于衷。千春的妈妈不顾家，偶尔带着女儿去便利店买便当，大部分时间流连在外。爸爸作为懦弱的男人，什么也不敢管，他只会静静陪小女儿坐在客厅看电视，然后一个人慢慢走回房间。

千春高一时离家出走，开始援交生涯，靠着网络与男人游走各地。千春贪玩，转入私立高中后耽误学业，报了个夜校补习班，依旧很少上课。升学后，父亲不再提供学费，千春自己上门求人，以“我是大学教授的女儿，想要上大学，我有补习学校的证明，高中会考有一门课及格”这类言辞骗到一纸文凭。

高中毕业后的千春，同母亲生活在一处公寓，她第一次拥有了自己的房间。

公寓里同时住着母亲的情人，每晚母亲与情人在隔壁房间交欢，不时传来娇喘声，千春身处地狱般煎熬。千春 18 岁，正式进入风俗店上班，被一个情色影片星探发掘，千春虽然很爱钱，但并不懂这个产业，怀了一丝戒心，母亲对她这份戒心大肆嘲讽，于是她草草签约做起情色片女演员。

19 岁，千春回到父亲家，发现那里已经没有了自己的位置，当初留下的东西被哥哥扔得一干二净，连一本毕业纪念册都找不到。她感觉自己变成了无家的小鸟，她走进父亲的书房，那里曾是她最留恋的地方，她站在书房里抽抽搭搭地哭了。自此千春的生活堕落到极点，醉生梦死，尽情挥霍，脑袋里只想着钱和酒精，她觉得生活是痛楚的绝望的，她期盼自己能够鼓起勇气自杀。

20 岁，千春上大学，离开母亲，离开三年地狱般的生活，步入另一个地狱。她交了一个小白脸男朋友，以少女式懵懂的爱对待这个男人，可这个男人除了嗑药赌博什么也不干，只留给她一大堆外债与麻烦。千春做情色片女演员的收入不菲，平均一年可得六百万日元（约人民币 30 万元），这些钱统统填进小白脸的经济窟窿。后来，小白脸锒铛入狱，觍着脸给千春写信，继续以“未来一定给你幸福”哄骗，千春接着替他还债。

自 18 岁成为情色片女演员后，千春便不想接风俗店的活儿，实在太辛苦了，但为了自己的男友，不得不向现实妥协，加之贪慕虚荣，20 岁的千春成为名噪一时的风俗娘。她日复一日、从早到晚在涩谷百轩店和歌舞伎町之间走马灯似的辗转，最繁忙的时候，15 个小时里接 12 个客人，还要搭着新干线奔波。

小白脸男友依旧在要钱，千春也渴望能有个像样的房子，于是开始在情色片中博命，什么片子都接，什么形式都做。著名的“摔盘子”事件发生，男演员要求她吃下超量污秽物，她当场发飙，之后男演员们在导演暗示下卖力对她进行折磨，她泪洒片场。这期间很多粉丝心疼千春，有人甚至汇去近百万日元相助，无奈杯水车薪。

最大的噩梦降临，千春怀孕，她不可能分辨出这个孩子的父亲是谁。

不久，自称是孩子父亲的男人现身，乃片商要求千春陪睡的众多客户中的一个，这个无耻的男人告诉千春：孩子可以认下，但必须再行交欢。千春万念俱灰，怀胎三月冒着巨大的不孕风险打掉孩子，然后与小白脸男友分手。

所有这一切结束后，她选择隐退，那年，她不过23岁。近乎疯狂的工作，导致她很少去上课，大学因此没有毕业。

她一个人搬到公寓，做起房产公司小职员，她说自己受过太多的诱惑，走过太多的弯路，今后只想过普通人的生活。千春对“普通人生活”的理解有三项：一间真正属于自己的住处、一份不用出卖肉体的工作、一桩值得托付的婚姻。

千春对住所向来有一丝苛求，这可能与她的身世有关，她对空间利用、家具摆设、隔音调试这类事情乐此不疲，很多人看来，千春这些作为根本算不上苛求，她不过太渴望有一处完全自主的栖身之地。

千春做企业小职员，做餐馆服务生，炫耀工作的场景，倾吐工作的委屈。千春渴望结婚，羡慕别人结婚，也时常为此发牢骚，她觉得自己这样的人不太可能有婚姻，因为在她的印象里，大城市的青年们没几个人敢讨她这样的人做老婆。

她又变回了那个懵懂少女。她养了两只狗，下雨天追着它们在小路上嬉闹，带着它们去公司打地铺加班。她买了两只自慰工具，认为这完全解决了生理所需。她跑了很远的路去剪头发，对那位理发师的手艺指指点点。她偶尔回到风俗店工作，那里可以挣到一整月的房租，事后就后悔，不停埋怨自己到底什么时候才能完全摆脱这种生活。她发文道："我有两只守护我的狗狗，身边再没有臭男人，虽然现在住的房间有点狭窄，但这起码是属于我的家，晚上再不会听到交欢的喘息声，也不用天天出卖身体生活，这就是幸福吧。"

千春迷上了中国，开始努力学习中文。这有三个原因：首先，她在中餐馆做兼职，爱上了中国菜，她认为中国菜是这个世界上最美味的食物；其次，她读了很多有关中国的历史书籍，她羡慕中国人的"家庭意识优于资本意识"，羡慕1949年后中国提倡的"男女平等"的价值观；最后，也是最主要的，她爱上了一个中国男人，她以一个少女式懵懂的爱去对待那个男人，渴望每天都见到他，渴望跟着他离开日本，她为此苦恼自己不能去中国工作，苦恼即使到了中国也会因"大学没毕业"找不到工作。

她化身左翼愤青，大骂安倍是美国的走狗，大骂右翼忽视侵华历史，大骂安保条约挑起战争。她发文道："今天去了涩谷和新宿闲逛，买了好多好玩的东西，可我依然不喜欢日本，日本的资本主义已经让这个国家两极化了，上层和下层差距显著，我是标准的下层人，我这样的人，这样的价值观，在这个地方根本无法生存，我应该逃掉。"

这一切，在新一轮爱情破灭后戛然而止。千春发现她爱的中国男人不见了，据说这个男人在中国已经结婚已经有了家室，他不过是另一个蹩脚的骗子。

千春又变回那个可怜的千春，她不名一文，她被人嫌弃，拮据的生活与复杂的人伦令她再次对生活感到痛楚与绝望。她发文咆哮道：“叫你来东京！叫你来东京！东京的房租三万元！傻了吧！”她发文自勉道：“钱我挣不了多少，更无法奢望富贵，但我还能生孩子，这表示我还能成家，还能和自己喜欢的男人、孩子在一起，这依旧是人生里最大的幸福。”但她同时也明白，这依旧是她最遥不可及的理想。

她越发地矛盾，站在招募广告前不停地问自己：“要去应征吗？要去应征吗？算了吧，笨蛋！”她羡慕那些做出名堂来的昔日的情色片女同事，主动转载她们的微博，获得的回应却寥寥。她频繁地回到乡下，感叹那里的平静与贫穷，平静与贫穷，成为千春生命中最大的纠结。

她探望自己的母亲，埋怨这个老女人的诸多坏习惯，又不时地对她心生怜悯；她探望自己的父亲，像孩童时期那样与他并排着躺在老屋的地铺上安眠，这让她感到温暖，温暖到想哭。

她拍了许多乡下的风景照，不停地将它们放上网，同时这些照片又带给她诸多的伤感，她一次次缅怀起两年前被自己打掉的那个孩子，她为那个无辜的生命感到愧疚，为当初那份决然感到不解，那个未出世的阴魂萦绕着她，一天天，一刻刻，时时告诫着她很多东西不得不放下，但她无法做到真正的放下，放不下，便注定被捉弄。

金井千春，这个漂泊于都市的日本乡下姑娘，26岁了，她曾经阅人无数，如今孑然一人。

2015年11月7日完稿，此文被豆瓣网重点推荐，反响巨大。

花式人生

[01]

美丽的表妹逃婚，我和同村一位小伙子护送她北上。我负责精神、战略、安全感，小伙子负责扛行李。

这次行动太突然了，需要一个地方进行休息、总结与展望，于是我们三人在石家庄站下了车，找到一家宾馆住下。

我坐在床边，仔细盯着那个小伙子，他与表妹同龄，是老同学，当然，也是表妹的爱慕者。当然是爱慕者，一个成年男人，敢帮着一个女人捅这么大的娄子，不是这女人的哥哥，就是这女人的爱慕者。表妹自小要强，花季不愿成家，姨妈强迫她与一个“土豪”的儿子订婚，她一怒之下离家，这一怒不要紧，搭上了两个男人的清誉。

他一路无话，半低着脑袋，眼神紧张且缥缈，表妹似乎没正眼瞧过他。啊，我明白了，表妹不喜欢他，或者说，这不是她理想中的那个男人。他长相乡土，衣着乡土，想必是小户人家的孩子，想必他自己也知道追求表妹这件事自不量力，但他有必要这么做，哪怕做一次，也算对自己浩瀚的一生有了个动人的交代。

他站起来，依旧半低着脑袋，说道："好了，就这样了，我回去了，你们在外面注意安全。"表妹淡淡地回应："嗯，你回去吧，谢谢你。"我觉得挺对不住人家，起身送到宾馆门外，他站定转身说："哥，你回去吧，不用送了。"

[02]

我回到宾馆房间，坐到我这位妹妹对面，问："你下一步打算去哪儿？"她回说："去大一点的城市，北京、上海，或者青岛，上海和青岛有我认识的人，他们会帮着我找个工作和住处。"我简单思考了一下，说："算了，跟我去北京吧，别去什么青岛上海了，到北京了我帮你找份工作。"她说："嗯。"

其实我不需要思考，让自己妹妹孤零零一人去其他陌生城市，这哥哥也太傻了，既然已经和她一起得罪了全家人，那就并肩作战到底吧。我随即又想，我在北京有个未婚的"富二代"朋友，我可以把妹妹介绍给他，如果两人看对了眼并进展到谈婚论嫁，我就可以昂着头回老家，如果不行呢？大不了不回老家。

醒来后，我忘掉了捅娄子的表妹，只回味那个黯然离去的小伙子，我不可怜他，只佩服他，多么有生活智慧的一个小伙子啊，他力所能及地给了自己一个交代，然后全身而退。他是唯一一个既满足了精神又没有过分糟蹋现实的人，他送女神远走高飞，并坦然回到老家对抱怨者们说道：“她说要出个远门，要我帮忙拿点行李，我不知情，送她到了石家庄，但我很快发现她这是逃婚，就不帮她了，把她带去北京并帮她出谋划策背叛家人的那个人，不是我。”

生活中，从不缺乏怯弱或冲动的笨蛋，怯弱者，连送都不敢送，冲动者，捅了娄子才知道事情的严重性。

[03]

我想起一个老段子，这段子是一位杂志主编讲的。主编在乡下的姥爷过世了，按照老家的风俗，主编那个退休老干部身份的爸爸应该回老家奔丧，爸爸托辞身体有恙，委派儿子做代表。主编回到老家，见识到乡下葬礼全貌，然后从心底感叹爸爸精明。

按照传统，葬礼上死者的女婿们要主动打扮成小丑模样在众人面前跳大神，众人起哄、发笑、鼓掌，这段仪式才算结束。主编爸爸自然知道这个仪式，所以托辞身体有恙，但与主编爸爸同样身份的乡下女婿们就躲不过去了，主编一个姨夫上了阵，脸上涂抹着墨汁，头上戴着纸帽，在人群中尽情演绎，他努力做出各种各样的怪表情，配合着各种肢体摇摆，逗得众人哈哈大笑，仪式结束，姨夫意犹未尽，继续舞蹈，人群中爆发出掌声与叫好声，连远处忙活着的妇女们都乐得前仰后合。主编感叹这个姨夫也是个精明人，他的人生哲学是：既然躲不过，那就把事情做好。

远在城里的爸爸没有获得掌声，却躲过一场丢脸；窝在乡下的姨夫丢尽脸，却获得一片掌声。这场葬礼中不存在失败者，失败者的德行是：已经丢了脸，还丢得那么糟糕。

在城里待久了，我也不喜欢乡下的葬礼或婚礼。自大学毕业后，或者说脱离被动式的集体生活后，我便讨厌所有集体活动，尤其是传统仪式颇多的集体活动。所以，我成了老同学心目中最冷漠的那个人，甭管是谁，邀请我参加婚礼，我都以一口漂亮的托辞婉拒。

我如果参加了某位老同学的婚礼，必定是最撑场面的那个人，这毫无疑问。我是做公关工作出身的，深谙社交之道，我不喜欢喝酒、不喜欢聊天、不喜欢吹牛，可场面到了，我就是大口喝酒、狂侃神聊、厚着脸皮吹牛。新郎只是我的老同学，我和他从来没把对方当作过朋友，甚至还有点互相讨厌，那又怎么样？我又不是在替他撑场面。

主编的爸爸自离开家乡后就没打算再和家乡的亲人们来往，我自离开学校后就没再打算和学校里认识的人打交道，如今这个世道，采取这样生活模式的人很多很多，不喜欢就是不喜欢，假装去喜欢对方，不是傻，就是骗。

[04]

最近这几天，纠结于三件事：要不要换一台电脑？要不要换一台手机？要不要买一副新耳机。我那台中低端配置的主机用了4年，一到深夜就“哗啦啦”地响，前段时间买了台戴尔27寸屏的2K显示器，老主机受宠若惊，伺候起来却有气无力，它的老显卡根本达不到2K分辨率，甚至连个时髦的DP接口都没有。我那部国产千元手机用了将近一年，通信支付功能表现尚可，但音质一般，照相一塌糊涂。我听音乐用的是900元的森海塞尔“小馒头”，地铁上，“小馒头”隔音效果一般，耳朵也被夹得生疼。

周末是我的生日，这些年生日都是一个人过，流程是给自己买个实用的生日礼物，我要买个什么呢？i7处理器外加显卡GTX1070的主机？光学防抖外加HiFi音质的国产旗舰手机？隔音降噪一流的大品牌入耳式耳机？

最后，我得出结论：什么都不买。我不玩大型游戏，平时下载的电影不过1080P，追求显卡和处理器干吗？我手机游戏只玩愤怒小鸟和腾讯台球，日常不拍照也不听无损音质的音乐，追求拍照和HiFi手机干吗？我很少出门，“小馒头”丢在橱柜里吃灰，追求大品牌入耳式耳机干吗？使命召唤能玩动“黑色行动2”的老主机，微信、支付宝外加指纹识别功能流畅的国产千元手机，模样不丢脸的“小馒头”，对付我这样的供房族足够了，穷不可怕，怕的是穷折腾。

我大学老同学里算得上好朋友的就一位，他鼓励我换电脑换手机换耳机，他甚至鼓励我去和一个住别墅的“白富美”姑娘相亲，他大言不惭地说：“这个姑娘和你好配啊！”不过我对他说过的印象最深的一句话是这样的：“你是个懂品质的人，你纠结的那些要不要买的东西，豁出去买了，用着爽了，你会忘记自己付出了什么。”

[05]

迈出去前，多回头看看，迈出去了，便不要回头，这样我们能够活得轻松点，我们不一定活得幸福，但我们有理由活得轻松。

值得庆幸的是，现实生活中我那位表妹早嫁人了，号称“村花”的她嫁给了一个号称“村草”的小伙子，他们的儿子又漂亮又聪明，招全家人的喜爱。现在她又怀孕了，预产期马上到，她二叔是市医院的小长官，托人帮她做了个B超，说是个女儿，把她给乐坏了。

2017 年 2 月 26 日完稿。

死了也不让你消停

我的老家在中原乡下，那里至今仍保留着许多旧时代的生活方式。一般说来，乡下最能体现传统文化的事情有两个：红事、白事，统称“红白喜事”。如今老家红事基本向西方看齐，车队出行、白纱拖地，连伴郎伴娘都站在英文背板前嘻嘻哈哈地嗑瓜子，出尽了“洋相”。所以我对老家传统文化的品咂，主要来自白事。

白事，也就是丧事，下面我给大家介绍一下我老家办丧事的过程，请注意，这是一篇正经的学术文。

亲人咽气，家属痛哭，女家属哭得惊天动地。生者拂下逝者眼皮，蒙上脸蛋，打电话召唤同族老幼，老幼前来，痛哭。

购置寿衣纸钱白蜡细香，直系亲属脱掉逝者临终时所穿衣物，用温水为逝者擦拭身体，完毕，为逝者穿上寿衣。单人床搬至正厅中央，铺上干草，逝者平放于干草之上，双脚用草绳拴捆。家属点燃白蜡细香，痛哭，女家属哭得惊天动地。

请注意，这里面有两个著名的道具：寿衣、草绳。逝者是不能穿睡衣或摇滚 T 恤摆放正厅的，必须穿我大中华的制式寿衣：

圆青花底，横排大扣，白底厚靴，宽边小帽。

另外说说“草绳”，这玩意儿堪称传奇。乡下人认为死人有一项特异功能，那便是“驾驭闪电”，活人咽气，不及时用草绳捆其双脚，雷电交加之夜晚要变身战斗力上万的僵尸，人挡杀人，佛挡杀佛。而一旦蹦起来，不可徒手与之搏斗，因其身上带有强大电流，须用干燥木棍将其击翻。

直到今天，我也没弄明白这根草绳到底是属于物理学范畴还是生物学范畴。

逝者摆放妥当，进行一项重要议题：排几埋，也就是安排哪天下葬。这里面大有讲究，自逝者咽气那天算起，只能在七日内的奇数日下葬，比如排三就是第三天，排五就是第五天。古时候，何时下葬是要经过黄历严格推算的，如今乡下人务实，统统排三，若第三天同村有喜事就排五，排五依旧有人办喜事就排七，究其实，为保证前来帮忙的人数。

族内妇女将买来的白色孝服分发至众人，孝服共分两种，第一种是重孝服：圆筒型白帽，上缝三朵棉花，帽子前半部分可放下半尺长遮面布；上身为长款白色孝衣，腰间系麻绳，是为“披麻戴孝”；脚踝处绑着白色布条，女子须穿白裤白鞋，白鞋以白色耐克鞋为佳，除此之外，每人配备一根新砍来的柳枝，唤曰“礼事棍”，这些重型装备都是专给逝者儿女及儿媳用的。另一种是轻孝服：单层三角孝帽，白绳拴系式长款孝衣，不绑腿，不拖棍，供逝者侄辈孙辈使用，侄女孙女所戴孝帽也属圆筒型，只是不缝棉花。

男女孝服款式上存些许差异，却无地位之别，唯一有歧视之嫌的，是外姓人，比如女婿就不可戴孝，所以，那些批评我们乡下人“重男轻女”、诋毁我们乡下人尊奉“嫁出去的姑娘泼出去的水”的学者们是不了解我大平原乡情的，是经不起历史推敲的。

订购的棺木运到，举行下一个环节：入殓。入殓是出殡前最恢宏的一项仪式，规矩众多。逝者被众人抬起放入棺木，女儿手持木梳为躺着的母亲梳最后一次头，儿子手捧父亲生前最钟爱的某物为其送行。棺盖合上，众人开始砸钉封棺，每砸入一颗钉子，儿女都要含泪提醒棺木里的亲人“躲钉”，例如：“爹，躲钉了”“妈，躲钉了”。

整个入殓过程是伤感的，可“大管事”不许在场的任何一人哭泣，这是规矩。“大管事”指挥村里所有红白喜事，在这个范畴，他代表着无上的权威，代表着浩瀚的知识，村长他爹死了也得听“大管事”的。

入殓完毕，“大管事”大喝一声：“哭！”家属放声痛哭，女家属哭得惊天动地。

入殓后，逝者正式接受同乡人祭拜。下班，大伙儿提着馒头纸钱搭伙儿奔丧，先到负责管账的桌子前上“白事礼”，就是送一份真钱，由管账先生记录在案，之后将手里拎着的馒头与纸钱送给家属方。穿轻孝服的侄辈孙辈快步相迎，继而陪这些人一起面朝棺木跪下，脸部埋于双掌之间干哭三声，干哭内容为呼唤逝者，例如：“我的奶奶啊，我的奶奶啊，我的奶奶啊。”哭完，抬头，十指撑地三下，起身，作揖，结束。侄辈孙辈参与的这项工作称为“陪孝”，陪孝完毕，送给祭拜者每人一块白布，唤曰“礼事布”，上过真钱的祭拜者，送一块毛巾大小的“礼事布”，只送馒头和纸钱的，送一块巴掌大小的“礼事布”。

侄辈孙辈除了陪孝，还有守夜的任务。守夜就是在逝者家里过夜，狭义上是指守护棺木，届时家里的灯亮上一夜，子孙们可以看电视、打牌、喝小酒、扯八卦，实在困得不行了，找个地方睡去，但绝不能早早睡去。守夜是个很有内涵的工作，与逝者生前相亲相爱的人，心无旁骛，与逝者生前恩怨不清的人，胆战心惊。

正式出殡前的最后一件大事，是送魂。送魂是个既神秘又恐怖的运动，一般选在晚十点后进行，届时全家灯火熄灭，子侄孙辈们跪下给逝者烧纸，念道：“要送您走了，您可别有啥想法儿啊。”完毕，起身，抱着纸钱和逝者生前穿过的衣物出门，领头儿的扛一扫帚，所以送魂也被称作扫魂。不管冬日的晚上多冷，送魂队伍里没人敢穿大衣，相传魂魄会钻到大衣里取暖。魂魄送出，留守在家的儿媳匆忙将灯打开，独守空房棺木等待大伙儿归来，鉴于天下儿媳与公婆的关系，送魂对于儿媳们来说是一种折磨。送魂运动有个硬性规定：禁言。一干人双唇紧闭，噼里啪啦穿过街道向村外走去，路上行人无不仓皇躲避。一刻钟后，到达指定地点，一般是大道旁边，驻足，蹲下，焚烧纸钱衣物，念道：“到了那边别再那么省俭了，该花就花，记得多贿赂贿赂那边管事儿的，钱不够了您给拖个梦，我们大伙儿再给您烧。”纸钱衣物焚烧殆尽，众人原路返回，归途依旧不许说话，更不许回头。

出殡的日子终于到了。凌晨，天还没亮，守夜的侄辈们来到大街上，将粗大的炮仗一个个轰上天空，此举是吵醒那些答应前来帮忙的乡亲。乡亲们赶来了，各就各位开始忙活，烧火的烧火、做饭的做饭、前去祖坟挖坑的挖坑。天边闪出一丝白光，租赁的灵棚到位了，灵棚是折叠式的，商家轻描淡写便将它撑起在大街上。订购的花圈也送来了，和灵棚一样是折叠式的，放置在灵棚正前方的街道两旁。最后，花钱雇的乡村歌舞班子如约而至，唢呐手和鼓手气沉丹田走到主家院子里，和众人一起等待第一次起灵。

第一次起灵，就是将棺木从家中移驾至灵棚，这个过程的气势比入殓还要恢宏，唢呐手与鼓手操练起来，“叮叮咣”，“嘀嘀哒”，所有穿孝服的跪趴在棺木前面，长房长孙第一次举起白白的孝幡儿。“大管事”高声向众人介绍规则，并宣读负责搀扶重孝服者的名单，一般一位重孝服者身旁配备两名轻孝服者，唤曰：“左右护法”。“大管事”宣读完毕，大喝一声：“起！”跪趴在地上的人集体放声痛哭，女家属哭得惊天动地。众人将棺木抬上拖拉机（注意是拖拉机，不是汽车，拖拉机开起来分贝极高气场十足），穿孝衣者跟在后面边走边哭。

棺木入驻灵棚后室，重孝服者守其内，侄辈孙辈穿着轻孝服坐在灵棚前室的条凳上迎接新一轮祭拜潮。出殡当天前来祭拜的，多是外地亲朋，侄辈孙辈工作仍是陪孝，这时的祭拜礼品没有馒头了，或纸钱，或真钱，均由灵棚前室负责接待的人员接收，上“白事礼”的照旧记录在案。

歌舞班子驻扎在灵棚前方十几米处，配备话筒音响及一班长发男性乐手，女演员们跟着节奏载歌载舞，曲目包括：京剧、豫剧、河北梆子……

正午时分，第二次起灵，这是最引人关注的时刻。棚里棚外所有人忙活起来，灵棚前后室之间布景道具被悉数撤走，歌舞班子奏至高潮，唢呐声直冲霄汉。众人重新将棺木抬至拖拉机上，所有穿孝衣者跪趴在拖拉机前，女家属哭得惊天动地。“大管事”大喝一声：“转！”重孝服者纷纷站立起来，拉着“礼事棍”依次绕拖拉机转圈，复跪在拖拉机前。“大管事”大喝一声：“摔！”穿重孝服的大儿子将手中灰色陶盆反扣一下，纸灰倾撒在大街上，继而单手擎盆、怒目望川，使出半生的气力重重砸下。

“啪！”陶盆破碎，盆渣四贱。

摔盆子是整桩丧事的巅峰，也是丧事中最具象征意义的一件事。规则上，这个帅气的活儿是逝者的儿子干的，逝者的儿子不止一个，那就大儿子干。乡下人对儿子的概念，就是“将来为你摔盆子的那个人”。没生儿子，就没有人为你摔盆子，更不会有人给你举孝幡儿，这一点也不幸福。

拖拉机拉着棺木“突突突”地奔行在前，后面跟着的依次是：抓着乐器猛吹猛打的人，扛着铁锹有说有笑的人，举着花圈有说有笑的人，穿着孝服痛哭流涕的人，看着热闹有说有笑的人。一干人浩浩荡荡奔向祖坟。

出殡队伍离开后，留守的人将逝者生前睡过的枕头带到灵棚前架火烧掉，而后放置白陶面盆一口，内有菜刀一把馒头若干。

出殡队伍行至祖坟，穿孝服者呼啦啦跪倒在坑前，女家属哭得惊天动地。众人将棺木移至坑内，“大管事”大喝一声：“转！”重孝服者拉着“礼事棍”依次绕坑转圈，之后将各自“礼事棍”丢进坑内角落，期盼它来年生出枝芽，期盼它未来长成大树。“大管事”大喝一声：“填！”持铁锹的人“噼里啪啦”向坑内填土。

出殡队伍归来，穿孝服的人走在队伍最前面，这时候有三个规矩：第一，不许再哭，就连战斗力一向强悍的女家属也不例外；第二，不许说话，谁说话谁挨揍；第三，步子不紧不慢，走得优雅，走得翩翩。队伍行至灵棚前停下，重孝服者依次走到面盆前，手持菜刀将盆里的馒头切成两半，在不回首的姿态下用力将馒头抛到后边，这是丧事的最后一个环节。

所有穿孝衣者回到灵棚，脱下装备，恢复脸色，至此，丧事结束。灵棚拆除，歌舞班子拿钱走人，乡亲们围着主家院子里的方桌坐下，享受主家准备的酒肉大餐，吃饱喝足，散去。

隔天，族内子弟穿孝服上坟，为逝者烧纸，唤曰“复三”，第七日，直系亲属再次上坟，是为“头七”。

如今老家人物质生活相对优越，办丧事的风格与我幼年所目睹的丧事存在些许差别，比如早年间的丧事中棺木是纯人力抬的，不是拖拉机载的，花圈是华丽饱满的，不是简易折叠的，灵棚是粗木搭起来的，不是钢筋折叠的，而扔出去的那半个馒头是遭人哄抢的，不是野狗叼食的，人们曾经相信这东西包治百病，如今生怕砸到自己脑袋上——大家都有了农村医疗保险。

直到现在，乡下办丧事依旧是一件文化盛事，你可以在其中看到诸多传统文化的传承与释放，那些奇奇怪怪的小风俗、小细节依旧动人，中国人对待“迎新人”和“送旧人”的态度是不尽相同的，红事办得越来越洋气，白事依然保留着旧日格调。当然，我所说的一切只源于我的故乡，非我故乡，就不好说了，比如老家临县的村落近几年在丧事上实现了真正的“与时俱进”，他们高调聘请脱衣舞天团，二十多岁的大姑娘，随着“咚次咚次”的电子节奏将身上衣物一件件甩去，主持人手持话筒说道:“来来来，来这边跳，一二三四，嘿嘿嘿嘿，抬起腿抬起腿，让这边的孩子也看一看。”

结尾，给大家来个解暑的段子。我的姐姐六岁时得了一种怪病，太阳穴里生出一个硬邦邦的怪东西，这东西压得她夜不能寐，压得她气喘心虚，她疼得大哭，趴在炕边哇哇吐血。父母吓坏了，哭着鼻子带着女儿遍访名医，均无果，最后，一个乡下老太太现身，说道："让你闺女找个死人摸一摸就好了，咱们乡下的怪病都是这样治的，摸一摸，就让那人带走了。"

小姑娘壮着胆子走向同村的一位逝者，伸出小手摸摸对方的脸颊，接着，她太阳穴里的怪东西不见了，她好了！

二十年后，这个小姑娘竟然觍着脸当了一名警察。

2015 年 4 月 8 日完稿。

有个家，就不算孤魂野鬼，
爱着一个人，
灵魂就不会飘零。